文創風
love.doghouse.com.tw

狗屋硬底子，臺灣文創軟實力，原創風格無極限！

文創風
love.doghouse.com.tw

狗屋硬底子，臺灣文創軟實力，原創風格無極限！

文創風 007

梅貝兒 著

目錄

第一章　喜訊

立冬過後——

一匹快馬在江寧的街道上奔馳，朝薄府的方向而去。

噠噠的馬蹄聲由遠而近，直到朱色大門就在眼前，跨坐在馬背上的送信人熟練地控制韁繩，好讓胯下的駿馬在門口停下。

負責此趟送信任務的漢子披星戴月，日夜趕路，終於抵達目的地，當他翻身下馬，便一個箭步上前，用拳頭使勁地敲門。

「來了！來了！別再敲了……」門房聽見外頭傳來敲門聲，迭聲嚷著，猜想著誰在外頭，門敲得這麼急。

門房拉開門閂，門房狐疑地上下打量立在外頭，一身風塵僕僕的漢子，問道：「有什麼事？」

「這是貝勒夫人從京裡來的緊急信函，要我親自交給制台大人。」送信的漢子馬上表明來意。

「是，請稍待一會兒。」門房一聽，馬上進去通報。

當管事從門房口中得知來者的身分和目的，便親自引領送信的漢子進入府邸內，穿過一道道曲廊和樓閣，最後來到書房外頭。

「你先在這兒稍待，讓我進去稟報一聲……」說著，管事便踏進了書房。

大病才初癒的薄子淮坐在書案後方，神情嚴肅地處理著這段日子所堆積的公文，見管事進門，想必有要事稟明，於是抬起略顯消瘦的面頰，等他說下去。

「大人，貝勒夫人請人送信來了，說要親自交給大人。」管事說。

薄子淮眼底迅速閃過一抹喜色，立刻將手上的筆毫擱回筆架上。「人呢？」嗓音有著只有自己才察覺的不穩。

「此刻正在外頭……」

「快讓他進來。」薄子淮就是在等這個好消息。

聞言，管事應了一聲，便到門外，示意送信的漢子進去。

那名漢子快步來到書案前，依禮打千。「見過制台大人。」

「一路辛苦了。」他口氣維持鎮定地說。

「這是應該的，請制台大人過目。」也不多說，便雙手將信件呈上。

接過信件，薄子淮深吸了口氣，心臟也跟著狂跳不已，幾欲從胸腔中蹦出來，只得先命管事把人領下去休息，好生地招呼。

待兩人都退下了，薄子淮才拆開來看。直到將信件的內容仔仔細細地看過了一遍，他總算明白婉鈺在上一封信中所提到的「策略」指的是什麼。

「沒想到會扯到八阿哥身上……」除了太子之外，這位個性親切隨和的八阿哥也深受皇上喜愛，更是受封皇子當中最年輕的，如今為了雙月的事，欠了對方一份人情，薄子淮自然希望將來有機會能夠回報。

也因為有八阿哥出面，才讓雙月能以旗人的身分，名正言順的嫁進薄家，成為他的正室。薄子淮心中不禁百感交集，相信雙月也跟自己有同樣的感覺，當初安排她到京裡，只是為了保護她，卻沒想到在因緣際會之下，有了更好的結果，壓在心頭上的大石總算可以挪開了。

而這段時日所承受的相思之苦，終於有了代價，薄子淮再將內容看了一遍又一遍，生怕這一切只不過是自己想像出來的。

「咳、咳。」他又咳了幾聲，從小到大，甚少生病，沒想到這次的病情來得又急又快，只得遵照大夫的囑咐，在家好生調養，免得留下病根，如今心情大好，身體的病痛也就微不足道了。

就在這時，小全子正好端著湯藥進來。「大人，藥煎好了。」

「先擱著吧。」薄子淮思索著下一步該怎麼走。

小全子把湯藥擱在書案上，主子這次病倒可真把他給嚇壞了，於是面露憂色地開口勸道：「大人，還是快點趁熱喝了，這樣身子才會早日康復。」

「嗯。」他先將信紙摺好收妥，端起湯藥來喝，想到額娘待會兒聽到這件「喜訊」，又會露出什麼樣的表情，不禁有些期待。

見主子臉上出現了些微變化，雖然並不明顯，不過小全子伺候了這麼多年，多少還是看得出來，不由得開口問道：「大人似乎很高興？」自從雙月不在府裡，主子比以前更加沈默寡言，總希望主子的心情能夠好轉。

「看得出來？」薄子淮嘴角微微地揚高。

「那是當然了，小的跟著主子這麼多年，自然看得出來。」這可不是小全子在自誇，而是實話。

他將湯藥喝完之後，然後把披風圍上，起身步出書房。

「我是很高興。」薄子淮已經迫不及待地去見額娘，好告知這樁「喜訊」了。

小全子一臉納悶，趕緊跟在後頭，主僕倆就這麼往西邊的院落走去。

走在廊下，放眼四周的景色，可以明顯感受到冬意漸濃，不過他心中卻不再如同往昔般孤單冷冽。

因為雙月很快就會回到他的身邊了。

也因為有她，對未來有了更多的期許和盼望。

想到之前曾經說過，即便活不過二十八，只求問心無愧，只要在嚥下最後一口氣之前，都能盡好本分，那麼就了無遺憾了，其實不過是些好聽話，是用來欺騙自己的謊言罷了。

生與死，名利與富貴，對薄子淮來說，都不重要，因為那不是自己能夠掌握的，在乎又有何用，唯獨感情一事，他不想任人擺佈。

直到雙月出現在他面前，自己的人生才多了希望，也有了奢求，即便只能多活一刻，也要拚盡全力，與她多做一刻的夫妻……

不對！應該是一生一世的夫妻才對。

他不能讓雙月成為寡婦，更不甘心就這麼走了。

在好不容易可以掌握命運，擁有屬於自己真正的幸福，絕對不願就這麼離開人世，所以他要活下去。

走進院落，薄子淮便招來婢女進屋通報。

坐在屋裡的薄母聽說兒子來了，不禁有些驚訝，心思跟著轉了好幾個彎，可不認為他只是單純來請安的，自己親生的還會不瞭解嗎？若非必要，是絕不會踏進這座院落一步，尋思之間，還是讓婢女把人請進來。

薄子淮跨進小廳，淡聲喚道：「額娘。」

「病才剛好，要多休息，不要出來吹風，有事派個人來說就好。」直到大夫確定兒子的病情已經穩定，慢慢在恢復當中，安心之餘，也在想辦法重新掌控一切，既然是她的親生兒子，理當要聽自己的。

他解下身上的披風，交給小全子，然後在椅上落坐。「因為這事很重要，所以孩兒必須親自來跟額娘稟明。」

「什麼事？」薄母擱下茶碗問道。

「方才接到婉鈺派人千里迢迢送來的緊急信函，上頭說八阿哥有意幫孩兒撮合一樁婚事，對方的條件與咱們算是門當戶對，如果同意的話，可以開始命人準備，挑個好日子，希望能趕在春天時完婚……」

說到這兒，薄子淮可以清楚看見額娘臉上露出喜出望外的表情，於是面不改色地說道：「既然這是八阿哥作的媒，咱們也不便拒絕。」

聞言，薄母不禁大喜過望。「對方是什麼人？」

「戶部尚書哈雅爾圖。」他說。

薄母一臉喜孜孜地說：「原來是戶部尚書哈雅爾圖的女兒，這倒是個不錯的對象……咦？他還有女兒嗎？我記得只有兩個兒子，可不知道還生了女兒，而且達到婚配的年紀……」以前住在京裡時，也有過來往，不至於會記錯。

「是他剛認不久的養女。」薄子淮氣定神閒地回道。

她頷了下首，有些淡淡的失望。「原來只是個養女，不過既然是八阿哥牽的線，你又肯娶，也就不計較那麼多了，只是不曉得她的性情和長相如何。」

「她的性情和長相……」婢女正好呈上沏好的茶水，他端起來吹涼，然後啜了一口，若無其事地回道：「額娘應該很清楚才是。」

「我很清楚？這話怎麼說？」薄母納悶地問。

薄子淮端著茶碗，涼涼地斜睨一眼。「額娘對她可是相當熟悉。」

「我對她相當熟悉？你……是說……」她怔愣了片刻，看著兒子這回居然會如此輕易便答應娶妻，又說對方是自己認識的。

難道……？

瞅著額娘臉色倏地大變，薄子淮知曉她已經猜到是誰了。「沒錯，戶部尚書哈雅爾圖的養女……就是雙月。」

「你說什麼?!」雖然已經隱約猜到了，薄母還是震驚到從座椅上跳了起來，几上的茶碗跟著被揮落在地上，摔個粉碎。

「戶部尚書哈雅爾圖收雙月為養女，她自然有資格嫁給孩兒，做額娘的媳婦兒。」他一派氣定神閒。

「我不答應！我絕對不會答應！」薄母氣呼呼地嚷著。

「額娘別忘了，這門婚事扯到了八阿哥，若是不答應，恐怕會得罪他，對咱們可沒有好處。」薄子淮早就預料到她會如此反彈，已經想好說辭。

「你……你把那個賤丫頭送到婉鈺那兒，原來就是在打這個主意……」她一手指著兒子，大聲怒喝。「居然連婉鈺都跟我作對，是存心要氣死我嗎？你們兄妹倆為了一個賤丫頭聯手起來對付自己的額娘，這是大不孝……」

薄子淮目光沈定，由著額娘指著鼻子啐罵。「額娘，所謂的孝順並不是一味地盲從忍讓，那不過是愚孝，孩兒如今想通了，要做認為對的事，不再勉強自己當額娘口中的孝子。」

「你……你……」薄母氣到連話都說不出來。

他淡聲說道：「孩兒馬上命管事開始準備婚事，婉鈺信上說她在京裡也會幫忙張羅打點，這麼一來，便能省去不少繁瑣的細節，以及舟車往返所需的時日，趕在明年春天將額娘的媳婦兒迎娶進門，額娘就不需太過操心。」

過去為了家中的氣氛，也為了不想惹額娘生氣，傷了母子感情，以及背負不孝的罪名，因此選擇忍耐退讓，然而即便如此，額娘也從不改變她向來的心態和作風，更不曾反省自己的所作所為，因此他不得不作出這種選擇。

說完，薄子淮無視一臉又驚又怒的額娘，起身離開了。

待他從廳裡出來，往另一頭走去，趙嬤嬤悄悄地從這一頭出來，也碰巧把方才屋裡的對話聽得明明白白。

於是，趙嬤嬤馬上轉身回去，把這樁「喜訊」告訴自己的主子。

「……就是這麼回事。」她說。

吳夫人攥緊巾帕，一臉憤憤不平，又問一次。「妳沒有聽錯？」

「不會錯的。」趙嬤嬤當然能夠理解主子心中的憤恨，同樣感到不平。

見她說得這般肯定，吳夫人更是咬牙切齒。「憑什麼那個賤婢可以嫁給子淮？不但戶部尚書願意收她為養女，就連八阿哥都幫她作媒，而我的女兒只能嫁給一個布政使的次子？」

吳夫人想到女兒再過一個月就要出嫁，自己依然得住在娘家，要巴望女婿有能力奉養自己，那也得先有個官職，她可得找機會跟親家提點一下，反正現在朝廷允許「捐納」，就先買個知縣或縣丞來當，總比連個一官半職都沒有來得好聽。

「是啊，她的命也太好了。」趙嬤嬤點頭附和。

「她命好？」吳夫人冷笑一聲。「等她嫁進門來就知道好不好了。」只要自己還住在薄家一天，那賤婢別想有好日子過，絕對要把這口怨氣出在她身上。

「是。」趙嬤嬤得意地笑了。

翌日一早——

管事戰戰兢兢地來到老夫人跟前，上前見禮。

「不知有何吩咐？」他問。

「子淮的婚事已經在準備了？」薄母在心中算計著。

「是，小的已經派出所有的人，並且分頭進行，三天之內就能準備好聘禮，以及所有事宜，請您放心。」管事恭謹地回道。

「子淮從來不曾對自己的婚事這麼積極過，我當然放心了，你可知道對方是誰？」她一臉似笑非笑地問。

「小的知道，是戶部尚書的養女。」管事照實回答。

哼笑一聲，薄母語帶譏嘲地說：「什麼養女，不過就是雙月那個賤丫頭，這會兒居然搖身一變，從府裡的婢女，就要變成我的媳婦兒了。」

光是這一點，就令自己難以忍受，一個出身卑微低賤的丫頭，如何配當她的媳婦兒，偏偏自己的親生兒子還當成了寶貝，費盡心思就是要娶進門來。

管事立在一旁，沒有搭腔，府裡的奴僕之中，只有他最先知曉即將進門的新娘子就是雙月。

「既然她就要嫁進咱們薄家來了，那麼可得跟那丫頭真正的親人見個面，請他們到府裡來作客，你說是不是？」薄母決定從雙月的親人身上下手，手中有了籌碼，可以用來要脅，還怕那丫頭不肯乖乖就範。唉，她若是早一點想到這個辦法，早已經把人除去了，又豈會容忍那丫頭到今日。「總該知道她還有哪些親人在，又住在何處吧？」

「呃……」管事一臉為難。

她冷冷地瞪了過去。「當初把人買進來，牙婆沒跟你說嗎？」

「這……」雙月的來歷至今還是個謎，要他怎麼回答？

「怎麼回事？」薄母拉長了臉。

「當初雙月是如何被買進來的，小的和牙婆真的記不太清楚，也曾循著住址前往尋找，左右鄰居卻都表示沒有這戶人家存在，她就這麼莫名其妙地出現在府裡，這些事都曾經跟大人稟明過。」管事一五一十地回道。

「怎麼可能？」薄母疑心大起。「該不會是子淮要你不准說吧？」

管事連忙否認。「小的不敢有所欺瞞，方才所言確實都是事實，要不然可以把牙婆找來，當面問個明白。」

「那麼她的賣身契呢？」薄母又問。

管事猶豫一下才說：「已經被大人取走了。」

「什麼？」這件事根本早有預謀。

直到這一刻，薄母終於領悟到兒子的翅膀硬了，已經飛出自己的手掌心，還算計到她的頭上來，加上女兒為了對付她這個額娘，也在後頭使了不少力，簡直是白養他們了。

哼，想嫁進來就嫁吧！

她這個婆婆可要好好地給一個下馬威。

管事退出門外之後，也不禁捏了把冷汗，其實心裡真的看不慣老夫人的心狠手辣，偏偏身為下人，是沒有置喙的餘地。

不過人的命運還真的很難說，不久之前雙月還不過是府裡的婢女，如今卻要成為這座官宅的主子之一，又有誰能預料得到呢？

但願這樁婚事能夠順利進行——管事在心裡這麼祈望。

同一時間，在京城裡的雙月也覺得命運真的很奇妙。

自從遇到鬼阿婆，在受人之託下，穿越到了清朝，成了薄家的婢女，其間還挨過巴掌、打過手心，甚至被逼著跳入湖中，更不用說每天要早起晚睡，學著怎麼伺候主子，更要小心遭到有心人設計，小命隨時可能不保。

結果不到幾個月的光景，她又換了另一個身分，成為戶部尚書的養女，不只如此，還住進他的府中，有貼身婢女服侍，養父母也因為沒有女兒，待她又好，什麼吃的用的都往房裡送，她真的遇上貴人了。

這該叫苦盡甘來嗎？雙月用力捏了捏自己的臉頰，證明不是在作夢。

「原本只是想利用他們，藉由當養女的身分嫁進薄家，現在他們對我這麼好，反倒有些良心不安，好像欺騙了人家……」雙月有些罪惡感地咕噥。

想了又想，她決定在出嫁之前，好好盡一個當「女兒」的本分，雖然不是親生的父母，只是名義上的，可是人家對她好，就該有所回報才對。

「嗯，就這麼辦。」雙月對著鏡中的自己說。

正在幫她梳頭的珠兒困惑地問：「小姐說什麼？」

「沒什麼……」她收回心思，趕緊坐正，讓婢女把頭髮梳好。「簡單一點就好，不必弄得這麼複雜。」

珠兒搖了搖頭。「小姐待會兒要上貝勒府去，穿著打扮上可不能馬馬虎虎的，免得失禮了。」

「只是去貝勒府而已，不必這麼緊張。」雙月還以為要去的是滿都祜貝勒的家中，正好也有好多話想跟婉鈺說。

由於剛認不久的這對養父母膝下只有兩個兒子，皆已娶妻，兩位嫂嫂也把她當作妹妹般照顧，敞開心胸接受這個突然空降下來的「小姑」，不只經常來陪她說話，就算出門，也會特地帶她同行。

「小姐不緊張就好，要是奴婢可是會兩腳發軟。」珠兒失笑地說。

雙月噗哧一笑。「有這麼誇張嗎？如果等一下是要進宮去見皇帝的話，我說不定就會嚇得連走都走不動了。」

「小姐說話真有趣。」這位新主子真的有些與眾不同。

她乾笑一聲。「大家都這麼說。」

「小姐是不是晚上都沒有睡好？臉色似乎不太好看？」珠兒看著雙月眼下很明顯的黑眼圈問道。

「有嗎？」雙月摸了摸自己的面龐，其實這些日子經常作噩夢，老是夢到薄子淮病得很嚴重，最後在自己懷中嚥下最後一口氣，讓她遍體生寒地驚醒，要不然就是倒在血泊當中，然後大哭著醒轉。

每次作這種可怕的噩夢，她就會後悔那天不該離開江寧，無論如何都要守在薄子淮身邊，就算只是當個侍妾，沒有名分也無所謂。要不是這樁婚事牽扯到很多人，不能少了新娘子，否則她真想馬上衝回去。

現在的她只能一天熬過一天，日日擔驚受怕，生怕會接到壞消息，除非能親眼見到薄子淮平安無事，否則她根本無法安安穩穩地睡個好覺。

到底還要等多久，兩人才能見到面？

每一天，甚至每一秒，她的心都在焦灼和不安定中度過……

「梳好了……」說著，珠兒又去取了套全新的旗裝過來。「小姐皮膚白，穿什麼顏色都好看。」

「因為以前很少出去曬太陽……」雙月隨口回了一句，在這之前，除非要買東西，否則都是窩在電腦前，或是在工作桌上畫圖，過著日夜顛倒的生活，根本不太出門。「現在倒是常常在外面走動。」

或許是心境上的轉變，現在憶起未來的那些生活，不再像以前那麼激動，不再有迫切想要回去的渴望，反而有股淡淡的懷念。

雙月並沒有忘記過去二十年的點點滴滴，可是每個人都要往前走，不能只顧看著後面，就算沒有漫畫可以看，也不能再從事最愛的漫畫工作，甚至不能當面跟長腿叔叔說聲謝謝，心中不免有些遺憾，不過她即將有一個家，還有愛她的老公，有捨才有得，她應該更要知足才對。

如今的她身在清朝，也確定回不了原本的世界，那麼就該把全部的心思放在往後的歲月，以及放在自己所愛的人身上，她已經有了相當深刻的覺悟了。

珠兒手腳俐落的幫主子穿戴好，然後又檢視一遍，確定沒有遺漏。「小姐看看還需要加點什麼？」

「不用了，這樣就夠了。」她還是喜歡樸素的衣服，這一身已經太隆重，去喝喜酒都還不用穿這麼花。

叩叩——有人敲門。

「小姐都打扮好了嗎？」站在房外的婢女問道。

伺候雙月的珠兒回了一句。「已經打扮好了。」

雙月穿上婉鈺送給她的花盆底鞋，快步走了出來，可不想讓兩位嫂嫂等太久。「要出門了嗎？」

「小姐，咱們走吧。」珠兒也是既緊張又期待，畢竟很難得有機會出去見識一下世面。

於是，雙月跟著那名婢女往府邸的側門走去，在途中正好遇到兩位嫂嫂，她們都約莫二十多歲，身上穿金戴銀，果然官家的媳婦兒不好當，要很注重門面，只希望薄子淮不會要求她比照辦理。

她的手被大嫂牽起，笑吟吟地讚美。「雙月穿這身衣服還真是好看。」

「那也要看是誰挑的？」雙月又看著二嫂笑睨地回道。

「是，當然是妳的眼光好。」妯娌倆的感情就像親姊妹。

雙月觀察著大嫂和二嫂之間的互動，也跟著笑了，心裡真的相當羨慕。

如果薄家的氣氛也能像這般和樂融融，那該有多好，真是不懂為什麼有人非要把它搞得烏煙瘴氣不可？

雖然才搬進來住沒多久，可能還不夠瞭解，不過雙月可以看得出來，至少這座府邸的幾個主子對待下頭的奴僕，賞罰分明，也沒有虐待的事情，這些可以從身邊婢女的言談舉止中就能感受到。

在這個當口，一個想法在雙月的腦中慢慢成形，不過這件事也要薄子淮到時願意跟她配合。

「……不能再聊下去了，咱們得快點出門。」就聽到二嫂笑嚷地說。

然後大嫂也跟著啊了一聲，差點就忘記了出門的時辰。「轎子還在外頭等呢，快點走吧。」

就這樣，雙月跟著她們坐上其中一頂轎子，沿途還偷偷地掀起轎簾，欣賞街道上的風景，不過內城都是官宅，也是那些所謂的八旗官員和家眷所居住的，感覺相當冷清，比不上民人所住的外城，到處店鋪林立那般喧囂熱鬧。

不知走了多久，終於來到目的地。

珠兒掀起轎簾說：「小姐，已經到了。」

「好。」雙月從轎內鑽了出來，然後陪同兩位嫂嫂進了貝勒府。

才走沒幾步路，她有些疑惑地打量面前這一座又一座的建築物群，雖然這些皇親國戚住的地方都很像，不過還是跟婉鈺的家有些不太一樣，似乎更氣派了些。

「這裡不是滿都祜貝勒的府上？」雙月小聲問著身邊的婢女。

「滿都祜貝勒？」珠兒先愣了一下，然後掩嘴笑了。「當然不是，這裡是禛貝勒住的地方。」

「禛貝勒？」雙月孤陋寡聞地問。一聽到貝勒爺，就以為是滿都祜貝勒，她忘了有貝勒這個爵位的應該不止一個，看來她今天是見不到婉鈺了。

「……他雖然被封為貝勒，不過可是四皇子，身分上自然比滿都祜貝勒、甚至是一些親王來得高，這座府邸還是皇上命人修建的。」珠兒也打算把這座貝勒府看個仔細，回去之後再跟府裡其他奴僕炫耀。

「這就難怪了，因為是皇上的兒子，住的房子也就比別人好……」慢著！雙月驀地呆住，因為她知道這位「禎貝勒」是何許人了。

走在前面的兩位嫂嫂見雙月沒有跟上，連忙開口招喚。

她臉上有些驚疑不定，快步趕上，一顆心卻是七上八下的，怎麼也沒想到會有機會見到這號人物。

之前已經從薄子淮的口中，知曉現在是哪一個皇帝，她的成績再怎麼爛，也曉得下一個坐上龍椅的皇子會是誰，而在歷史上，這號人物卻是喜怒無常、殘忍無情、城府極深，連自己的親兄弟和心腹都不放過，即便無法否認是個好皇帝，卻不是一個好人。

雙月吞嚥了下唾沫，心裡既緊張又期待。「說不定等一下就可以看到本人，長腿叔叔要是知道，一定會很羨慕……」

見主子不知在咕噥些什麼，珠兒還以為她太興奮了，畢竟這座府邸可不是一般人可以進得來，也就沒有太在意。

一行人就這麼被領進了臨水而建，十分雅緻華麗的廳堂，只見主位上坐著同樣二十多歲，妝扮貴氣逼人的少婦，雙月心想她應該就是禎貝勒的妻子了，又看了下兩旁，還坐了好幾位年紀相仿的貴族婦女和官夫人，簡直像是一群貴婦聚在一起喝下午茶的場景。

跟在兩位嫂嫂身後，看著她們上前向面前的皇子福晉請安見禮，雙月也連忙跟著有樣學樣。

烏喇那拉氏和氣地笑了笑。「今兒個只是邀請妳們來喝茶聊天的，就不必這麼多禮數了。」

「是。」兩位嫂嫂笑著回應。

注意到雙月的存在，烏喇那拉氏上下審視一番。「我聽說戶部尚書前陣子收了個養女，就是她吧？」

大嫂連忙用眼神示意。「快點跟福晉請安。」

「照著咱們教的做就不會有問題了。」二嫂也在旁邊提示。

「雙月見過福晉。」雙月於是上前一步，動作生澀地行了蹲安禮。

「以後都是自己人了，不用多禮，快起來。」烏喇那拉氏態度親切，讓她們坐下，再一一介紹其他人給雙月認識。

雙月根本記不得誰是誰，反正一概用微笑和點頭來表示。

雖然她已經慢慢學會如何和別人相處，以及怎麼面對人際關係，不過還是很不習慣這種應酬似的場合，嘴巴上雖然掛著「大家都是自己人」、「不用多禮」之類的話，誰曉得心裡是怎麼想的，要是真的說錯什麼，不知會不會大禍臨頭，所以她決定待會兒不要隨便開口，畢竟這座府邸不是普通皇親國戚所住的，而是未來的清朝皇帝，她還是低調一點。

不久之後，一碟又一碟的精緻糕餅點心被端了進來，每個人面前的几上都擺上一份，而這麼多女人聚在一起，無非就是喝茶聊是非，談論王公大臣家中的八卦，不可能是國家大事。

聽著在場的貴婦們聊得相當起勁，雙月卻強忍著打呵欠的衝動，她實在很不喜歡東家長西家短的三姑六婆，改天若是聽到別人說起自己的私事，真不知會有什麼感想。

她坐不到二十分鐘，已經如坐針氈了。

「二嫂，我想……」雙月決定用「尿遁」的藉口出去透氣。

烏喇那拉氏瞥見姑嫂倆的竊竊私語，善於察言觀色的她心念一轉，猜到大概想去解手，於是小聲吩咐身旁的貼身婢女帶雙月出去。

「那麼雙月先告退了。」她依著規矩朝對方說道。

說完，雙月才得以步出廳外，總算可以喘口氣，不然真的會悶死。

「請往這邊走。」貼身婢女比了個手勢說。

雙月道了一聲謝，跟著她來到一間屋子，這間「廁所」可就講究衛生多了，還灑了香粉，好除去臭味，連手紙摸起來都比平常用的還要來得細。

「身分不一樣果然有差……」她趕緊做筆記，要學起來。

事。

待雙月解決了生理需求，走出屋子，還不想馬上回到方才的廳裡，聽那些女人聊別人家的私

「我可以在附近走一走嗎？」她問烏喇那拉氏的貼身婢女。

「這……」婢女有些遲疑。

「妳不用在這兒陪我，我只是散個步，很快就回去。」雙月努力說服。

「奴婢還是跟著比較妥當，免得待會兒迷路了。」婢女也不便讓客人獨自在府裡亂闖。

聞言，她只好點頭，讓對方為自己帶路。

雙月一面散著步，一面想著，雖然婉鈺再三跟她保證，婚事一定會順利進行，可是想到薄子淮的二十八歲生辰就在清明之前，每過一天，就更逼近一天，想要早一點回到他身邊，好隨時應付突發狀況。

還要等多久，他們才能見面？雙月真的覺得自己快要瘋掉了。

她有些忐忑不安地往前走，一陣冷風吹來，不禁伸手拉攏了下領口，才把心思轉移到周遭的環境。

「咱們已經走很遠了，也該回去了。」婢女委婉地提醒。

「好。」雙月也不便為難她，只好往回走。

就在這當口，一聲尖叫劃破寧靜。

「快來人……救命啊……」

雙月先是愣了一下，不過還是馬上往聲音的來源跑了過去，當她瞥見一名年紀較長的嬤嬤站在紅色小橋上，望著橋下又哭又喊，心頭有種不好的預感。

「小阿哥落水了……快來人哪……」

跟在雙月後頭的婢女瞧見在湖面上載浮載沈的孩子，也不禁發出尖叫，讓雙月的耳朵差點聾了。

真是夠了！到底是誰家的小孩，也不把他看好！雙月還以為是廳裡那些貴婦帶來的，心裡一面罵，一面往前狂奔，來到湖畔，踢掉腳上的鞋，來不及暖身，更沒空去想這個季節湖水會有多冷，就直接衝下水去了。

而幾個聽見叫聲的侍衛也往這兒奔來，不過他們只懂得騎射，並不諳水性，見雙月已經下水救人，只能在岸邊等候。

待雙月潛進水中，一把撈起失去意識的小小身子，讓他仰臥，並將頭部浮上水面，保持呼吸道暢通。

「弘暉……弘暉……」原本在廳內喝茶的烏喇那拉氏聽到這個消息，早就忘了身分，拉開喉嚨大喊，此時的她只是個心急如焚的額娘。

雙月使出所有的力氣將懷中這名大約七歲左右的男孩拖上岸，等在那兒的侍衛馬上接手。

「讓他躺在地上……」

她拚命回想老師教的急救步驟，先檢查有無呼吸，脈搏有沒有跳動，確定都還有，立即清除男孩口腔內的異物，然後解開領口，再讓他俯臥在自己膝上，接著按壓背部，馬上就是一陣咳嗽，男孩呼吸道和胃裡的水全都吐出來了。

「咳、咳……」男孩咳著醒過來了。

烏喇那拉氏連忙抱住兒子。「弘暉，你可把額娘嚇壞了……」

「額、額娘……」男孩抖著聲音喚道。

確定男孩已經清醒，可以認得人了，雙月才全身濕透地站起來，還連打了好幾個噴嚏，冬天果然不適合游泳。

「雙月，妳沒事吧？」

「還好妳就在附近……」

「也幸虧妳識得水性……」

兩位嫂嫂趕忙拿出絹帕幫她拭乾頭髮和臉上的水，滿臉地關切。

「……」雙月一身狼狽，只覺得好冷，沒有多餘的體力回話。

直到這時，烏喇那拉氏才撥出心思，望著救了兒子一命的大恩人，也真正地將雙月的模樣給記在心裡，連忙囑咐身邊的婢女，帶著她去把濕衣服換下來，免得著涼生病了。

「請跟奴婢來。」

雙月又打了個噴嚏，趕緊跟著那名婢女走了。

第二章　機緣

婢女在寢房內生起小火盆，讓換好衣服的雙月可以暖暖身子。

她連灌了好幾杯熱茶，確定鼻子和喉嚨都沒有出現感冒症狀才安心。

「暖和些了嗎？」婢女因為雙月救了小主子一命，更加殷勤招呼。「如果還不夠，奴婢可以再生個火盆。」

雙月又喝了口熱茶，已經冒汗了。「這樣就夠了，謝謝。」

「不用客氣。」那名婢女才退出房外，伺候雙月的珠兒正好進門。

「小姐有沒有哪兒不舒服？」她伸手探了探主子的額頭，幸虧沒有發燒。

「沒有，兩位嫂嫂呢？」雙月偏頭問道。

珠兒拿來梳子，幫主子整理頭髮。「她們跟其他人已經先離開，晚一點，貝勒府會另外派人送小姐回去。」

「那個孩子沒事了吧？」她偏首問道。

「奴婢也不太清楚，只聽說那是禎貝勒的嫡長子，還是皇孫，幸虧今天遇到了小姐，否則後果可不堪設想。」珠兒一面梳頭，一面心有餘悸地回道。

聞言，雙月也很慶幸自己功課雖然不怎麼樣，可是運動神經還不錯，在緊急的時候能夠派得上用場。

自己還有能力去幫助別人，才是最讓她高興的。

叩、叩，敲門聲陡地響起了，珠兒放下梳子，前去應門，跟外頭的人說了幾句話，再度把門扉合上。

「小姐，禎貝勒說、說要見、見妳。」她結結巴巴地回道。

雙月呆了一下。「見我？」

「禎貝勒方才回府就聽說小姐救了他的兒子，說要親自跟妳道謝……」珠兒這次一口氣說完，連忙加快梳髮的動作。「怎麼辦？怎麼辦？」

「應該緊張的人是我才對吧。」雙月在心裡輕嘆，還說要低調一點，多一事不如少一事，現在居然要跟對方面對面了。

珠兒趕緊將簪子插在髮髻上。「小姐，已經好了。」

「走吧。」事到如今，能說不見嗎？反正再糟的情況都遇過，不差這一回，雙月抬頭挺胸地步出房門。

片刻之後，帶路的婢女將主僕倆領進一座偏廳，她揉了揉眼皮，決定好好看清楚這位歷史上的傳奇人物。

待雙月前腳跨進了落地門窗，便張大眼睛睇著坐在偏廳內的年輕男子，大概二十多歲，身上穿著金黃色朝服，多半是回府之後還來不及更衣，就忙著去探視兒子和接見她。

「……雙月給貝勒爺請安。」她上前行了個僵硬的蹲安禮。

「不用多禮。」禛貝勒目光犀利地掃過眼前的雙月，倒是沒想到一個外表纖細嬌小的年輕女子有那份勇氣跳水救人。

「謝貝勒爺。」雙月站直身子說。

他抬手示意一旁的座椅。「坐下來說話吧。」

雙月道了聲謝，遵照對方的意思落坐。

「聽說妳是哈雅爾圖的養女？」禛貝勒自然已經先把救了嫡長子的恩人身分問個清楚。

「是。」她直視著對方，回答得很簡單。

看著眼前這個男人身高大概有一百八左右，皮膚白，雙眼皮，瘦削的臉形，身形屬於高高瘦瘦，倒是有點出乎雙月的意料，因為跟一些古裝戲演員的模樣有些出入。

「謝謝妳今日救了弘暉一命。」他真心地說。

「貝勒爺不用這麼客氣，我只是剛好在附近，碰巧救了他而已，就算不是我，也有其他人在。」雙月想到當時在岸邊的還有好幾個侍衛和奴僕，總會有別人下水去救。

禛貝勒聽她回答得謙虛，微微扯了下嘴角，似諷似笑。

「就算還有其他人在，也未必能救得了弘暉……」他也問過了當時的狀況，沒有一個人識得水性，所以更加清楚有多危急，若是慢了一步，恐怕回天乏術。「這份人情會記在心裡，往後有任何要求，都可以提出來。」

「呃……真的不用了，只要孩子沒事就好，人情什麼的就算了。」雙月可不想跟他扯上關係，免得將來也沒有好下場。「貝勒爺千萬不要記在心裡，最好馬上就把它忘了。」

見她不斷揮手婉拒，一臉直率單純，若是換做他人，可是巴不得有這個好機會，禛貝勒為此多了幾分欣賞。

「就這麼說定了。」他口氣強硬地說。

「是。」雙月有些苦惱，也只能接受了。

幸好談話的時間很短暫，禛貝勒便吩咐府裡的轎子送她們主僕回去，也讓雙月鬆了一大口氣，雖然不確定是福還是禍，不過等她離開京裡，應該就沒有機會再見面了。

跟在身後的珠兒則是一臉興高采烈。「小姐，真是太好了。」

「一點都不好。」她悶悶地說。

珠兒不禁有些訝異。「怎麼會呢？禛貝勒親口說欠了小姐一份人情，不管小姐提出什麼要求，他都會幫忙，這樣不是很好嗎？」

「我可不想死。」雙月撇了撇嘴回道。

其實不管哪一個朝代，只要是當皇帝的都很殘忍好殺，因為要保住皇位，鞏固政權，當然要鏟除異己，也不能怪這個男人冷血，不顧親情了，可是就因為對他的印象太過根深柢固，難免多了一些懼意。

聞言，珠兒更是一臉納悶。「小姐這話是什麼意思？」

雙月沒有回答，坐進了等候的轎子內，想到今天發生的事，又見到一個不得了的歷史人物，人生的際遇果然很奇妙。

尤其是她的。

不過這種奇遇還是不要經常遇到比較好，雙月只希望當個普通人，和薄子淮做一對平凡的夫妻，不想捲進政治鬥爭當中。

待轎子送雙月回到戶部尚書府，天色已經很暗了。

她才進房沒多久，養母和兩位嫂嫂便來了。

「額娘請坐。」雙月起身招呼養母他他拉氏。

他他拉氏拉起她的小手，很歡喜地看著剛認不久的養女。「聽說妳今天下午救了禛貝勒的嫡長子，還真是有驚無險，沒受傷吧？」

「沒有。」雙月深深地看著面前的養母，明明不是親生女兒，卻能用這麼慈愛的眼神望著自己，而她的親生媽媽卻是嫌惡討厭，她真的不明白，或許她們真的沒有母女緣分吧。

就見兩位嫂嫂也找了位子坐下，想要知道更多細節。
「之後福晉有跟妳說些什麼嗎？」大嫂問。
二嫂也跟著開口。「總該說個謝字吧？」
「我沒有再見到她，不過後來禛貝勒回府，聽說我救了他的兒子，還特地見我一面。」雙月很老實地回道。
「他有說些什麼嗎？」他他拉氏一臉驚喜地看著養女。
「他說……」
「他說什麼？」兩位嫂嫂異口同聲地問。
雙月遲疑了半晌，還是決定隱瞞人情一事，因為不太信任禛貝勒的為人，也不曉得對方是說真的還是假的，不要跟他牽扯太多比較好。
「也沒說什麼，只是親自跟我道謝。」她這樣不算說謊才對。
「只有這樣？」二嫂有些失望。
大嫂倒是想得開。「不過這麼一來，咱們在福晉面前，說話也比以前有分量，倒也是好事。」
「這話倒沒錯。」只能這麼自我安慰了。
他他拉氏點了點頭，對雙月的話沒有一絲懷疑。「只要不是得罪人家就好，何況救人本來就不該要求回報的。」

「是啊。」兩個媳婦兒不禁點頭。

雙月吁了口氣，更加確定自己這麼做沒錯。

一個多月後——

在冬至這一天，雙月在廚房裡幫忙做子孫餑餑。

「這不就是餃子，只是稱呼不一樣……」她看著手上擀好的麵皮喃道。

珠兒也在旁邊包著放入鮮肉和白菜等的餡料。「小姐，這些東西由咱們來做就好了，天氣冷，妳還是先回房去。」

「反正閒著也是閒著，而且我也想要親自包餃子……包這個子孫餑餑給阿瑪和額娘吃。」雙月實在不想待在房裡，一個人胡思亂想，然後整天坐立難安，還是找些事情來轉移注意力，何況這也是自己小小的心意。

「妳來教我怎麼包。」她一向只會吃，從來不下廚。

「是。」珠兒回了一聲。「先把餡放進去……不要太多……」

雙月有些笨拙地包著餃子，看著被捏得好醜，一點都不好吃的成品，連自己都覺得好笑。

「小姐，夫人請妳到內廳去。」一名婢女終於在廚房找到她。

她馬上洗手，抖去沾在袍子上的麵粉，離開廚房，不想讓養母等太久了。

屋外的低溫讓雙月不禁瑟縮一下，忍不住搓了搓雙手，再往手心呵了幾口熱氣，不然快僵掉了。

想到這段日子來，雙月終於能夠親身體驗到被父母疼愛的滋味，對方不計較自己只是個無依無靠的孤女，還是因為某些原因，不得不收為養女，卻能敞開心胸接納，除了感激，還是只有感激。

心裡那一塊從未被填滿的空虛，因為養父母的誠心對待，得到了溫暖，雖然相處的時間短暫，雙月也會永遠記住這份恩情。

「額娘找我？」她才跨進內廳，就發現地上堆了好幾只用紅布包裝的木箱，還有一籃一籃的禮餅，有些疑惑地看著它們。

他他拉氏一臉欣喜地說：「薄家送聘禮來了。」

「聘禮？」雙月先是怔了一下，然後才意識到這代表她和薄子淮的婚事真的在進行了。

其實雙月也很清楚要通過老夫人那一關，得花上不少時日，薄子淮又得費多少唇舌才有辦法說服她，或許還會有些波折，這些都是可以理解的，沒想到會這麼快就有好消息傳來。

「是啊……」他他拉氏看著手上的禮單，上頭依照習俗列舉了聘禮的項目，另外有一張帖子寫著擇好的吉日。「為免往返耗時多日，薄家也已經連日子都先挑好了，就在二月，時間上還真有些緊迫。」

「二月……等到二月就能見到他了……」雙月口中低喃。

「對了！這兒還有封信說是要給妳的……」他他拉氏將信遞給她，然後吩咐一旁的奴才去把管事找來，又命令其他人把聘禮先抬下去。「得要開始準備才行，否則可會來不及……」

而雙月則捧著信件，靜靜地走出內廳，想找一個安靜的地方拆開來看。

她一路走，直到走回自己的寢房，才坐下來拆信。

其實信件的內容很簡單——

我也想妳

短短四個剛勁有力的毛筆字。

那個男人一定是被她「同化」了，居然也會用這麼現代的字眼，讓雙月看了想哭又想笑。

即使只是這樣，雙月也能感受到寫信的人心中的思念之情。

「我也是……我也是……」她哽咽地回道。

雙月不禁淚水盈睫，將信紙緊緊地攥在心口上，也因為有它，更能確定薄子淮平安無事，還好好地活著。

只要他活得好好的，身上無病無痛，沒有發生任何意外事故，所有的忍耐也就值得，這段日子的驚惶不安也就微不足道了。

內心的焦灼在看到這封信之後，也稍稍獲得了舒緩。

原來思念是這麼痛苦，這麼煎熬，等見到薄子淮之後，一定要狠狠地親他……不對！應該是狠狠地揍他一拳，因為讓自己這麼難過，雙月從來不會為任何人委屈自己，唯獨這個男人是例外，因為有愛，所以心甘情願。

在這一刻，雙月確切地體會到那個男人在自己心底的分量有多重，更是無可取代的，也因為這次的分離，才徹底讓雙月明白，她願意付出一切，只求能與薄子淮相守一生。

幸好她沒有放棄這段感情……

也幸好薄子淮堅持不放開她的手……

窗外似乎飄起了白色雪花，冬天真的來了，溫度也更低了，可是心頭卻不覺得寒冷，因為知道春天已經不遠了。

就在數日後，薄家還是如同往常般「平靜」。

不過這樣的平靜卻是暗潮洶湧、如履薄冰，只因為老夫人心情相當惡劣，動輒得咎，府裡的奴僕也就更加人人自危，免得下一個輪到自己遭殃。

「……表小姐才剛出嫁沒兩天，姑奶奶就茶不思飯不想，準是捨不得唯一的女兒。」婢女們只敢在私底下議論。

「捨不得還是要嫁人……」

「嫁了也好，省得金蘭心情不好，每天找咱們吵架……」

婢女們說到表小姐的貼身婢女，難免有些幸災樂禍。

「她的主子要嫁給一個連個官職都沒有的男人，當然不滿意了……」

「誰教她和表小姐在老夫人面前說雙月的壞話……」

「她們根本是嫉妒雙月受寵，才想要陷害她……」

聽到有人提起「雙月」這個名字，婢女們有些懊悔、有些慚愧，想到當時的行為一定很傷人。

「咱們也有錯……」

「是啊，咱們不該躲著她……」

「也不知道雙月還會不會再回江寧……」

她們都還不曉得即將進門的新夫人就是雙月，只希望還有機會見到對方，親口跟她道歉。

不期然地，隔著一段距離，瞥見老夫人步出西邊院落，往姑奶奶住的地方走去，婢女們馬上作鳥獸散，紛紛假裝忙碌的樣子，就怕又礙了主子的眼，無端挨上一頓板子。

待薄母踏進小姑的房內，見她一副病懨懨的模樣，說了兩句關心的話語。

「妳再怎麼不捨，雪琴也都已經嫁人了，就想開一點。」心想她們母女倆相依為命，會捨不得也是自然的。

吳夫人倚著床頭，嘆了好長一口氣。「阿嫂，我就這麼一個女兒，總巴望著她能嫁個身分尊貴，至少也要是個一品官員的來給我當女婿，將來在別人面前，能夠揚眉吐氣，神氣一番，結果呢？要我怎能不怨？」

自從被表哥當面拒絕之後，女兒簡直傷心欲絕，自覺沒臉再待下去，也就馬上答應讓對方來提親，就算她死命攔阻，勸女兒再多挑幾個，不要太快作出決定，也沒辦法讓女兒回心轉意。

「……只能怪我的命不好，沒辦法有個可以依靠的好女婿。」吳夫人聲淚俱下地哭訴。

薄母也不知該怎麼安慰，畢竟想盡了所有的辦法，還是拿兒子無可奈何，總不能拿自己的命來逼他娶。「沒辦法讓雪琴來當我的媳婦兒，我也一樣惋惜，妳就別再想了，保重身子要緊。」

「可是再過兩個多月，雙月那個丫頭就要進門，妳就真的能夠接受她這個媳婦兒？」她忿忿不平地問。

「要不是看在八阿哥的面子上，我是說什麼都不會答應的。」薄母昂起矜貴的神情，冷哼一聲。「不過進門之後，就要看她有多少福分，能當多久了。」世間可沒有一個當婆婆的會敗在媳婦手上。

吳夫人眼中閃過一抹深沈。「這話的意思是說……」

「到時妳就知道了。」她哼笑地說。

「那就好。」吳夫人可不會讓那賤婢的日子過得比自己的女兒好。「一定要讓她知道，薄家的媳婦兒可不是誰都能當。」

經過兩個多月的引頸期盼，總算等到迎親這一天。

驚蟄，春雷鳴動，宜嫁娶。

由於路途遙遠，加上新郎官公務纏身，無法親自前往迎娶，所以由戶部尚書哈雅爾圖的兩個兒子親自護送新娘子出嫁，最後乘船抵達常州。

天色剛亮，穿戴吉服冠的薄子淮已經帶領迎娶隊伍來到碼頭，當他遠遠地看見穿戴鳳冠霞帔的新娘子被攙扶進了停在甲板上的花轎中，恨不得衝上前去，一把抱住雙月，訴說這幾個月來的相思之苦。

從今以後，他們不必再分隔兩地了。

不會再有任何人能拆散他們。

就這樣，迎親隊伍一路浩浩蕩蕩地從常州往江寧的方向走去，盛大的場面更是薄子淮刻意安排的，無非就是要讓雙月有面子，要讓所有的人知道今天是兩江總督娶妻的大喜之日。

薄子淮頭戴紅寶石頂珠朝冠，俊美威風地坐在駿馬上，領著八人花轎，以及鑼鼓喧天的迎親隊伍前進，為免耽誤了吉時，途中只做了短暫休息，便再度啟程，而在經過數個時辰之後，終於返回江寧。

此刻的薄府自然是賀客盈門，不論大小文武官員，皆親自前往送禮道喜，而面對眾人的祝賀聲，薄母也只能氣在心裡，表面上還是要擠出笑臉來應對。

待迎親隊伍接近薄府大門，震耳的鞭炮聲如雷般響起，門外更是萬頭攢動，就等著看新娘子。

坐在花轎內的雙月已經頭昏腦脹，古人結婚還真是麻煩，不只交通上不便利，還要穿這一身禮服，真的是重得要命。

待她終於從轎內被攙扶出去，因為蓋著紅巾，看不到外頭的景象，不過還是得耐著性子，依照事先教的規矩，一步一步走完整個拜堂儀式。

雙月終於知道為什麼有人會發明公證結婚了。

直到完成了「坐帳」，聽見吉祥婆子說著幾句好話，然後便是「撒帳」，雙月總算可以喘口氣，她也已經累癱了，肚子又好餓，早知道就放些乾糧在轎子內，先填一下肚子。

接下來，新房內除了吉祥婆子，還有被派來伺候的婢女，真的很安靜，靜到雙月忍不住打起瞌睡來，加上這幾個月都沒有一天睡得安穩，現在終於回到「家」，總算可以睡個好覺。

只見雙月蓋著紅巾的腦袋先是向右傾斜，然後又慢慢地往左，接著換成前後擺動，好像隨時都會倒下來呼呼大睡。

「夫人再忍一忍……」被特別派來伺候的婢女見新娘子坐得搖搖晃晃，八成快睡著了，小聲地提醒。

這個聲音……是小惜？

「若是餓了，奴婢可以先餵夫人吃一些糕點。」因為被特別指派來伺候新進門的夫人，所以小惜也是戰戰兢兢。

雙月搖了搖頭，紅巾下方的嘴角不禁往上揚高，因為她猜得出這是薄子淮為自己所安排的驚喜，有個可以信任的人在身邊也比較安心。

「新娘子再忍耐一下，等宴席進行得差不多了，新郎官就會進來了。」吉祥婆子也開口安撫。

她用力點了點頭，聽小惜的口氣，似乎還不知道是自己，新房內又有外人在，不能馬上「相認」，只好等晚一點再說了。

幸好過沒多久，被灌了好幾杯酒，俊臉薄醺的新郎官進門了，也將一干想鬧洞房的賓客全擋在外頭。

「妳們都下去吧。」他擺了下手說。

吉祥婆子跟著婢女退下了。

待門扉關上，終於只剩下兩人。

薄子淮深吸了口氣，壓抑著滿腔激動的情緒，執起喜秤，輕輕地挑開了那塊阻隔彼此的紅巾。

待頭上的紅巾被揭開，雙月看到了思念至深的男人，不禁紅了眼眶，也在對方臉上看到同樣的神情。

他們能走到這一步，真的很不容易。

四目凝望，心中百感交集。

「雙月……」薄子淮嗓音微啞地喚道。

她抽搐一下。「我可以掐你一下嗎？」

「什麼？」他愣了愣。

雙月不等他同意，便伸出兩根手指，用力掐了下他的臉頰，又哭又笑地問：「怎麼樣？會不會痛？」

「……是有一點。」薄子淮不怒反笑，同時眼泛淚光。

這是他的雙月沒錯。

她的反應就是跟別的女人不一樣。

薄子淮真的好思念這樣的她，思念到心都痛了。

「那就不是夢了……」雙月嗚咽一聲，用力往他胸口搥了一記。「我都快擔心死了，就怕我不在的這段日子，你要是……那我豈不是要後悔一輩子……」

他一把抓住那隻掄緊的粉拳，喉頭跟著梗住。「不會的……我答應過要接妳回來，所以會保重自己，好好地活著……」

「你要是沒有遵守約定，我永遠不會原諒你……」她挾著哭音嗔罵。「也別想我會為你殉情……」

「我也不要妳做那種傻事……」薄子淮不禁笑中帶淚，也只有他的雙月會這麼說，可是他偏偏就是喜歡這種直言快語。

雙月想要確定眼前的男人真的是完好無缺。「先讓我看看……好像比以前瘦了？你有沒有按時吃飯？」

「妳不在身邊，我又怎麼吃得下？」薄子淮用雙臂箍緊她的身子，好確定雙月真的在懷中，不是在夢裡，每次醒來之後，只有空虛和寂寞。

她噗哧一笑，不過馬上癟起小嘴，差點心疼地哭出來。「我可是每一餐都吃三碗飯，吃得飽又睡得好。」

「真的嗎？」他的手掌在雙月的腰間探索。「不過似乎沒有發胖……」

「這叫麗質天生，我的體質就是怎麼吃也吃不胖。」雙月拍開他的手，又哭又笑地說。

薄子淮眼中閃著淚光，可是嘴角卻是在笑。「這段日子……過得好嗎？」他還真希望這個朝代有雙月說的什麼「電話」，可以聽見她的聲音，問她過得好不好，而不是依靠漫長的信件往來。

「當然好了，每個人都對我很好……都很照顧我……」她揩去眼角的淚水，吸了吸氣。「遇到的都是些好人……」

薄子淮聽她說得輕鬆，其實只是不想讓自己擔心，這個性子早就很清楚，也就不去點破。

「那就好……」

「那你呢？」雙月語帶憂慮。「要說服你額娘答應婚事很不容易吧？」

他糾正她的用詞。「現在也是妳額娘，該改口了。」

「說得也對。」問題是對方願不願意接受她叫一聲額娘？

「額娘也不得不答應。只是妳進門之後，才是真正的考驗。」薄子淮先讓她有心理準備，才能提早做好防範。「無論遇到再大的困難，一定要記住，我都會站在妳這一邊。」

雙月與他並坐在喜床上，兩人依偎著。

「她是生你的額娘，你真的可以做到這一點？」其實她的本意也不是要這個男人選邊站，因為這對一個當兒子的並不公平。

「就因為我瞭解額娘的脾氣和性情，才敢這麼說。」薄子淮苦澀地笑了笑，知母莫若子，相處了快二十八年，實在太清楚了。

她仰起臉蛋，一臉認真地啟唇。「我不是非要你站在誰那一邊，只要是站在公正公平的角度，不要偏袒我或是你額娘，這樣就好了。」

雙月的體貼讓他不禁動容。

「我答應妳。」薄子淮正色地允諾。

這番話永遠不可能出自額娘口中，因為在她眼裡心裡只有自己，從來不曾替別人設想過，就連親生兒子也一樣。

「我是說真的，我不要你當夾心餅乾，左右為難，只要保持立場中立，再用你的智慧來判斷誰對誰錯，就算到時你認為你額娘才是對的，我也不會有怨言。」她只要求這麼多。

薄子淮雖然不清楚「夾心餅乾」是什麼，不過卻能感受到雙月是真心在替自己著想，就怕他不好做人，既然這樣，又有什麼好擔心的？

他打從心底相信雙月不會做出過分的事，或是蓄意傷害別人，所以給予完全的信賴，也願意支持她所作的任何決定。

「儘管去做妳想做的，也認為該做的事。」薄子淮握緊她的小手，加重語氣，表達決心。

雙月這才綻開笑靨。「既然有了共識，就一起努力吧。」

「好。」他除了這個字，不知還能說些什麼。

這一生能夠娶到雙月，該說是三生有幸？還是上天注定？

不過對薄子淮來說都是同樣的道理。

於是，他起身拿來兩只酒杯，其中一只給了雙月。

「這就是喝交杯酒？」以前只聞其名，這下雙月可以親身體驗了。

薄子淮因她的話而嘴角上揚。「未來的人不必喝交杯酒嗎？」

「通常都是吃喜宴的時候，新郎和新娘會一桌桌的跟賓客敬酒，直到結束，然後一起在門口送客，接著晚上回到家裡，兩人也累了一整天，洗完澡，便上床睡覺了。」據雙月聽來或在網路上看來的過程就是這樣，還什麼洞房花燭夜，結婚之前早就做過不知多少次。

「這樣就算成親了？」薄子淮忍俊不禁地問。

雙月頷了下螓首，不禁頗有感慨地嘆道：「未來的人都很忙，光是這些就已經快累死了，可是跟這個朝代相比，確實是簡單多了，也沒那麼多規矩。」她也懶得說明還有一種叫公證結婚，只要去辦個手續就算是結婚了。

聽她這麼形容，讓薄子淮實在無法想像。「成親可是人生大事，豈能如此草率？若不是路途遙遠，我真希望能親自將妳迎娶進薄家大門。」

「你有這個心就夠了。」雙月能夠體諒，也不會在意，只要兩人能在一起比什麼都重要。

兩人喝過了交杯酒，儀式才算完整。

或許是因為酒精在作祟，讓從來不喝酒的雙月開始有些頭暈。

「夜深了，該歇著了。」薄子淮嗄啞地說。

她又點了點頭，心想是該睡了。

待雙月頭上的鳳冠被取下來，身上的霞帔也一一被脫下，重量減輕了，讓她嘆了口氣，總算舒服多了。

「雙月……」薄子淮柔情似水地覆上渴望已久的粉唇。

感覺到身邊的男人正在親吻自己，雙月迷迷糊糊地偎上前，想要回吻，不過睡意愈來愈重，眼皮幾乎掀不開了。

已經回到家了……

可以好好睡覺了……

連日來的舟車勞頓，她的體力再也無法負荷，意識一下子就飄遠了。

薄子淮親到一半，發現懷中的嬌軀軟軟地倒向自己，有些怔愣，低頭看去，見雙月緊閉眼皮，唇角還噙了抹甜甜的笑意。

「居然睡著了……」他失笑地喃道。

今晚可是洞房花燭夜，應該把她搖醒嗎？

可是見雙月睡得又沈又香，眼下還殘留著兩排淡淡的陰影，看得出這段日子睡得並不好，又怎麼捨得吵醒她，薄子淮疼惜地親了下雙月的額頭和面頰，便輕手輕腳地讓她躺好。

來日方長，也不急於一時，只要有她在身邊就夠了。

他也脫下身上的袍褂，以及靴子，終於可以將心愛的妻子攬進懷中，兩人名正言順的相擁而眠了。

這是薄子淮一生當中最大也最深的期盼。

就在今天圓滿達成了。

兩根大紅蠟燭依舊點燃著，也映照出整室的溫暖和喜慶。

薄子淮偏頭看著近在眼簾的睡容，彷彿正作著美夢，浮躁不安的心情也跟著沈澱下來，於是閉上眼皮，一起進入夢鄉。

其他的事，等待天明再說。

這一刻，是屬於兩人的。

第三章　婆媳

新婚第二天——

雙月猛地掀開眼皮，望著帳頂，意識全都回籠了。

「啊！」她低叫一聲，驚坐起身。

「醒了？」男人低笑的嗓音也跟著響起。

「呃……」雙月心虛地瞥了一眼已然穿戴整齊的新婚夫婿，又看了下窗外，天都已經亮了。

「我不小心睡著了是不是？」

她只記得兩人當時在接吻，然後就沒有印象了，因為真的好累好睏，那麼就只剩下一個可能性了。

薄子淮故作嚴肅地說：「沒錯。」

「對不起，讓你的洞房花燭夜泡湯了。」雙月垂下頭，反省地說。

他笑問：「泡湯是什麼意思？」

「就是不見了或沒有了的意思。」雙月又偷覷一眼，古人不是都說什麼「春宵一刻值千金」，他的千金就這麼被自己給睡掉了，應該會很在意。「今晚再補給你可以嗎？」

「我倒是第一次聽到洞房花燭夜可以用補的？」他在床沿坐下來，笑謔地說：「與其等到晚上，不如現在吧……」

雙月見盛滿戲謔的俊臉俯了過來，不閃也不躲，抿著笑意，閉上眼皮，直到四片唇瓣密密地貼在一起，比起昨晚那個模糊的吻，現在才真正感受到對方的氣息和味道，距離上一次，真的已經好久好久，久到令人想落淚。

「雙月……雙月……」薄子淮貼著她的小嘴，不停地喚著，嗓音透著濃烈的情感，彷彿想將分離這幾個月的分全都叫完。

她聽了心都擰了。「我在這裡……我在這裡……」

一向獨立的自己，從來不曾因為離開某人，或沒有某人而痛苦過，雙月發誓再也沒有下一次了。

彼此的吻愈來愈深，喘息也愈來愈重。

「以後……要怎麼叫你？」她一面回吻，一面想到這個問題。

薄子淮吮咬著那兩片柔軟的唇瓣，費力地撥出心思來回答。「未來……的女人都如何稱呼……她的丈夫？」

「嗯……有的直接叫名字……不然就叫……老公……」雙月微喘著低喃。「不過……這麼叫的話……別人聽起來會很奇怪……我看古裝戲裡都是叫相公，以後我也叫你相公好了……」

「那就……這麼叫……」他根本無法專心凝聽雙月在說些什麼，大掌已經探向她柔軟的胸口，想要需索更多。

雙月因為他的撫觸而嬌顫，面頰也泛起熱氣。「相公……」多叫幾次，才會早點習慣這個稱呼。

「夫人……」薄子淮粗喘地喚道。

她聽到這個稱呼，馬上笑到吻不下去了。「聽起來好……好老……」叫別人是一回事，聽到別人叫自己又是另外一回事。

「若是不習慣，私下還是一樣喚妳雙月……」他可不想每叫一次，雙月就笑一次。「不過人前該有的規矩還是要有……」

「是，相公。」雙月也喜歡這個折衷的辦法。「不過還能再親下去嗎？你額娘等不到人，可是會大發脾氣……」她沒忘記還有拜見公婆這個規矩，既然進了門，就得去面對。

四隻眼睛互視片刻，然後不約而同地嘆了口氣。

薄子淮依依不捨地放開懷中的溫香軟玉。「的確不能再耽擱下去了，我讓人進來伺候妳梳洗。」

說著，他整理好身上的長袍，穿上馬褂，便暫時步出新房。

其實雙月心情也有些沈重，這可是「婆媳」第一次見面，想必不會讓她好過，可還是得下床準備。

於是，她不等婢女進來伺候，先解決了生理需求，見几案上還有糕點，肚子也跟著咕嚕咕嚕叫，於是狼吞虎嚥的吃了起來，沒有體力可是無法作戰的。

「現在正是主角爆發小宇宙的時刻，一定可以戰勝敵人的……」雙月握著一隻拳頭，幫自己打氣。

雙月也不是真的想把「婆婆」當作敵人看待，甚至仇視，可是對方的所作所為若還是像以前那麼過分，她也不會睜一隻眼閉一隻眼，該說的還是會說，絕對不會裝聾作啞，違背自己的良心。

就在這當口，門扉呀的一聲，有人推門進來。

「夫人，奴婢進來伺候了。」小惜的聲音傳來。

雙月不禁搗嘴偷笑，想像著對方會有什麼樣的表情。

待小惜兩手捧著洗臉水，繞過屏風，原本看著地上，才抬起眼瞼便愣住了，接著用力眨下眼睛，確定自己沒有看花了眼。

「雙、雙月？」手上的面盆差點摔在地上。

「是我。」她笑吟吟地說。

「怎麼會……」小惜滿臉驚愕地左看右看，不見房內還有其他人在，怔了半晌才領悟過來。

「妳、妳就是……剛進門的新夫人？」

她頷了下首。「沒錯。」

「可是咱們聽說新夫人是戶部尚書的……養女……」小惜不禁恍然大悟。「妳怎麼突然成了戶部尚書的養女？」

「說來話長，以後再慢慢告訴妳……」雙月還沒想到該怎麼解釋。「我還是先去跟『婆婆』請安要緊。」

小惜連忙將洗臉水放在盆架上，很快地擰了條面巾給她，然後又去櫃子裡拿了套衣服。「我真的沒想到……啊！應該說是奴婢沒想到妳就是新夫人，其他人知道了一定也很驚訝……」

難怪大人會指派自己來伺候新進門的夫人，還要特別學習怎麼穿旗裝和梳頭，就因為是雙月才會找她。

洗好了臉，雙月在梳妝檯前坐下，讓小惜幫她梳理。

「聽身邊伺候的人說，老夫人這陣子的脾氣是愈來愈大，讓大家整天提心弔膽的，原來是這麼回事。」小惜總算把前因後果想清楚了，老夫人之前是想盡辦法要整死雙月，如今不但沒有除去，還成了自己的媳婦兒，要她如何忍受。

雙月頓時一臉凝重，雖然並不是很意外，可是真的聽到小惜這麼說，也跟著繃緊神經，就不曉得接下來會用什麼手段來折磨自己了。

看來也只能見招拆招。

待小惜幫她梳好了頭髮、也穿好衣服，雙月深深地吸了口氣，耳邊似乎可以聽見號角響起，戰爭即將展開了。

雙月昂起下巴，戰鬥力升高到百分之百。

她隨著薄子淮踏出了東邊院落，要前往拜見婆婆，這一段路程雖然不算太長，不過途中自然會遇到府裡的奴僕，都是一些過去熟識的面孔。

只見每一張臉都是目瞪口呆，不敢置信地盯著她看，有的還揉了揉眼皮，以為看錯了，或是認為這位新進門的夫人只是長得像雙月罷了。

「……你們看到了嗎？」

「那是雙月嗎？」

「怎麼可能？真的是她嗎？」

待這對新婚夫婦走過他們面前，奴僕便開始交頭接耳，甚至還下了賭注，就是要賭賭看到底是不是雙月。

而這些竊竊私語自然也都傳進雙月耳中，她沒有開口說話，只是朝每個人微笑示意，繼續跟在薄子淮身後一步的距離，往西邊的院落走去。

「我看真的是她……」

「真的是雙月？」

那些議論紛紛的音量愈來愈大，有人便一把拉住跟在後頭的小全子和小惜，想從他們口中得到答案。

「這位新夫人真的是咱們認識的那個雙月嗎？」

每個人都問同樣的事。

小全子和小惜互望一眼，其實當他們得知新進門的夫人就是雙月時，也是同樣地難以置信。

「對，是她沒錯。」小全子給了答案。

接著小惜輕聲地糾正。「以後要叫夫人了。」

從兩人口中確認身分無誤，每個人都傻住了，而這天大的消息也在第一時間迅速地傳到府裡每個角落，讓所有的人知曉。

待這對新婚夫婦站在通往院落的拱門外頭，兩人交換了個眼色，這場戰役必須要兩人同心協力才能度過。

雙月無聲地朝他頷了下首，彷彿在說她準備好了。

「走吧。」薄子淮笑睇著她眼中不服輸、也不妥協的光芒，這也是支撐自己的力量，只要有雙月在身邊，任何困難都能獲得解決之道。

於是，他們一起跨進拱門，往廳堂的方向走去。

負責伺候老夫人的幾個貼身婢女已經在外頭恭候大駕，她們早在之前就知曉，所以並不訝異，只是想到當初是怎麼對待雙月，如今雙月卻成了主子之一，不禁都在擔心會不會被報復。

「見過大人，還有夫人。」

她們表情尷尬地福身請安，心頭則是惴惴不安。

薄子淮面無表情，冷冷地掃了她們一眼，只回了個「嗯」的單音，不過覷向身邊的妻子時，神情就柔和許多。「進去吧。」

「是，相公。」雙月扮演著角色該有的規矩。

兩人一前一後的經過長廊，最後來到廳堂外，已經能感受到屋裡的氣氛凝重，令人不由得屏住氣息。

雙月跟著跨進落地門窗，半垂眼瞼，姿態溫順地跟著夫婿，一步一步地走向坐在主位上的「婆婆」面前。

伺立一旁的贊者將盛著棗子和栗子的竹盤遞給雙月，她便依著規矩在「婆婆」面前跪下行禮，不過等了半天，都不見有任何動靜。

坐在主位上的薄母就是故意要讓雙月多跪一會兒，先來個下馬威，讓她知道就算進了門，還是得聽自己的。

這個家她最大，誰都不許違抗。

而兩手捧著竹盤的雙月手都痠了，不過還是保持跪拜的姿勢。

薄子淮淡聲喚道：「額娘。」

「哼！」聽見兒子出聲，分明就是捨不得讓她再跪下去，薄母這才慢吞吞地撫了下那些棗子和栗子，讓雙月回拜之後起身。

最後，一旁的贊者代替婆婆將甜酒賜給新娘子，這才算告一段落。

「果然是人要衣裝……」臉色又冷又怒的薄母上下打量這位新進門的「媳婦」，字字都是挖苦。「打扮起來倒還有模有樣，不過再怎麼穿，也改變不了低下的出身，還有卑賤的氣質。」

這麼快就開戰了！

雙月先在心裡嘆了口氣，一個當婆婆的說這種話，不會自降格調、貶低身分嗎？可惜這種話傷不了她一分一毫，只覺得可笑。

「額娘說得對，媳婦兒受教了。」她的臉皮也可以很厚的。

「不要叫我額娘，要叫一聲老夫人。」薄母沈下臉喝道。

她眨了眨眼，一臉無辜地說：「這怎麼可以呢？媳婦兒都已經進門了，要是再叫額娘一聲老夫人，可是不合規矩……相公，你說是不是？」沒道理讓身邊的男人在旁邊看戲，當然要一起拖下水。

在一旁沒有出聲的薄子淮聽她這麼問，這才開口回答。

「確實是不合規矩，額娘，雙月和孩兒拜過天地和祖先，已經算是薄家人了，自然得照禮數來稱呼。」他很「中立」地回道。

薄母瞪了兒子一眼，胳膊果然已經完全往外彎了。

「把見面禮呈上……」雙月朝身後的小惜說。

小惜上前一步，將用紅布包裝的小盒子置於身旁的几案上，而薄母只是嫌棄地掠了一眼，似乎作勢要將東西掃到地上。

「……這是媳婦兒的額娘親自挑選的，雖說只是養母，可是對媳婦兒相當疼愛，和親生的沒兩樣，還說希望親家會喜歡這份見面禮。」似乎猜到她的意圖，雙月這番話讓薄母的動作硬生生地打住。

哼！打狗也要看主人，就暫且收下來，薄母暗惱在心地思忖。

「媳婦兒才剛進門，有不懂的地方，還請額娘教導。」雙月口氣謙順有禮，就看對方怎麼回應。

薄母冷哼一聲。「就算進了這個家的大門，可不代表我就接受妳這個媳婦兒，還有別再叫『額娘』了，省得我聽了耳朵不舒服。」

「意思是可以隨媳婦兒自己的偏好和習慣來稱呼嗎？」她一臉言笑晏晏，假裝聽不懂那些諷刺意味濃厚的話語。「那麼以後都改叫『婆婆』好了，這樣也比較順口，聽得也順耳。」

「妳……」薄母為之氣結。

雙月當作沒看到她臉上一陣青一陣白的，又往下說了。「媳婦兒往後會好好孝順婆婆的，還請婆婆放心。」特別加重「婆婆」兩個字。

「我可不敢奢望妳會孝順，沒把我氣死就已經是祖宗保佑了。」她語帶刻薄地說道。

「媳婦兒看婆婆氣色紅潤、說話更是中氣十足，相信一定會長命百歲的。」因為是薄子淮的親生媽媽，雙月也不想把話說得太難聽，更不希望到了撕破臉的地步，對誰都沒好處。

眼看口頭上佔不了上風，薄母冷笑一聲。「看不出妳還真會說話，之前還真是太小看妳了。」

「謝謝婆婆誇獎。」這都是從妳身上學來的。

薄母目光掠向連一聲都不敢吭的兒子，一顆心全都在這賤丫頭身上，還讓她牽著鼻子走，真是沒有出息。

「你們可以回去了，省得我看了更生氣。」這不過是剛開始，先忍著點，以後多的是機會。

「孩兒告退。」

「媳婦兒告退。」

又行了禮，這對新婚夫婦一起轉身離開了。

才跨出廳外，雙月吁了一口氣，起碼過了這一關。

「咱們還得到姑母那兒一趟。」雖說是嫁出去的女兒，不過也是長輩，還是住在府裡，自然要去見個禮，薄子淮可不希望因為這個小疏忽，讓對方有機會在背後說雙月的壞話，他可以預期到會有多難聽。

「當然要去了。」她下巴微抬，鬥志高昂。

薄子淮露出一抹淺淺的笑意，就算曾在姑母手上吃過不少苦頭，她也不會選擇逃避的。

其實他也不認為雙月可以很快地收服額娘和姑母的心、得到她們的認同，但是薄子淮相信假以時日，她一定能辦到的。

「走吧。」雙月臉上散發著自信的光芒。

這對新婚夫婦便又轉向位在府邸後方、吳夫人所住的獨立院落，如今女兒出嫁了，就只有她住在這裡。

當他們來到，就見吳夫人已經坐在小廳內，臉上堆滿了笑，不過反而顯得太過虛偽。

兩人上前見了禮，雙月一樣送了見面禮。

「……所以說緣分來了，真是擋也擋不住，我當初就覺得妳這丫頭特別，果然沒有看錯。」

吳夫人笑得合不攏嘴地說。

雙月覺得身上的雞皮疙瘩都起來了，心想這態度轉變得還真快。

「多謝姑母。」她很想知道對方葫蘆裡賣什麼藥。

吳夫人笑嘆一聲。「子淮，你額娘盼了這麼多年，總算是娶妻了，我這個做姑母的也安下一顆心，不必擔心薄家會無後，可要早點讓你額娘抱孫子才行。」

「是。」薄子淮不動聲色地回道。

又聽她說了幾句祝福的話，夫婦倆這才轉身離開。

就在他們出門那一剎那，吳夫人才褪去臉上的笑意，換上冰冷。

「……你覺得呢？」在回房的路上，雙月冒出一句沒頭沒腦的話。

薄子淮覷了她一眼，儘管語意不清，卻能馬上意會到雙月在問什麼。

「姑母的反應確實有點……不太尋常。」原以為應該跟額娘差不多的反應，不是擺臉色，就是端架子，好讓雙月難看，所以才讓人摸不著頭緒。

「她對女兒不能嫁給你的事，心裡很不滿嗎？」連他都這麼說，雙月更加肯定不是自己多心。

他輕嘆一聲。「倒不是因為不能嫁給我……」而是對女婿不太滿意。「不過聽表妹說表妹夫待她很好，我想再過些時日應該就能釋懷了。」

「嗯。」雙月決定再觀察一陣子。

「還有，額娘方才的態度……」

雙月不以為意地笑了笑。「我沒那麼脆弱，早在去見她之前，就想過會是什麼樣的情況，所以不會放在心上的，你也不要太在意。」

「那就好。」薄子淮目光一柔。

她瞟了一眼四周，還是見到不少奴僕用奇異的目光，站在遠處偷看，不禁噴笑一聲。「看來還得再經過幾天，他們才會接受我的新身分。」

薄子淮可不許奴僕們對她有一絲無禮，於是正色的提醒。「無論接不接受，妳已經是他們的主子了。」

「意思是不能像過去一樣，和他們自在的說話聊天了？」她一下子也無法完全適應。

他停下腳步，瞅著妻子片刻。「該有的規矩還是要有。」

「那麼規矩之外呢？」雙月笑睨一眼。「偶爾也可以不必那麼嚴肅吧？」

「妳打算怎麼做？」雖然有些猶豫，但薄子淮還是把決定權交給她。

「我還在想……」雙月沈吟片刻。「不過我是做不來那種高高在上的主子，何況每個人做事的方式和態度不同，只要做自己就好，要我完全照什麼規矩來，動不動就要主子的威風，可能會先累死。」

「妳自己看著辦吧。」他不插手就是了。

「你可要說話算話。」雙月一臉笑嘻嘻。

「……聽妳這麼說，倒是開始有點擔心了。」薄子淮揶揄地說。

她嬌笑一聲。「我不會讓你丟臉的。」

見雙月心情很好，完全不受額娘的影響，這般堅強的意志，可不是一般女子辦得到的，薄子淮無法想像若沒有她，會是多大的遺憾。

「你在看什麼？」雙月嗔笑地問。

薄子淮笑得好溫柔。「這輩子能夠娶妳為妻，是我三生有幸，更是上輩子修來的福氣。」這句話完全出自肺腑，更不是安慰，是心裡話。

聞言，她胸口一緊，眼眶也熱了。

他們今天能走到這一步，能結為夫婦，是經過了多少內心交戰，以及挫折、淚水，才終於牽起彼此的手，所以聽薄子淮這麼說，更是感觸良多。

「現在的你連這麼噁爛的話都說得出口，果然是我的功勞。」雙月用著戲謔的口吻來掩飾心中的感動。

「噁爛？」這又是什麼意思？

雙月噗哧一笑。「就是很噁心的意思。」

「這是我的肺腑之言。」薄子淮好氣又好笑地說。

她眼珠一轉，拉著他的手往前跑。「我們快點回房去！」

通常聽到夫婿這麼說，當妻子的哪一個不是含羞帶怯，或是柔情似水地依偎在他身上，偏偏雙月的反應就是跟別人不同，不過薄子淮已經見怪不怪了。

「不需要這麼急……」

「在外面我可沒辦法親你。」雙月的想法和觀念雖然比古人來得開放，不過還是會害羞的，也不想表演給別人看。

薄子淮先是一怔，接著笑到俊臉微紅，只得任由她拉著自己跑。

遇到雙月之後，他學會了笑，也懂得笑，更懂得……如何去愛人和被愛，人生夫復何求。

當天晚上——

因為角色的轉換，從婢女一躍成為了主子，要做的事自然也完全不同，得重新認識和看待府裡的每個人，以及他們的職務，特別是管事、管帳和包嬤嬤等人，想到包嬤嬤見到自己，一臉窘迫尷尬的模樣，雙月還是忍不住想笑，因此這一整天下來，就像是打了一場仗，真有些吃不消。

其實雙月根本不必這麼做，因為真正掌握大權的還是老夫人，不過為了實現自己的計劃，還是要去熟悉和瞭解，就算到時會受到婆婆指責，以為自己妄想爬到她頭上，也不會就此退縮，一定要把想法付諸行動。

到了晚膳時間，原本應該是一家人一塊兒吃，而當媳婦兒的則要在一旁伺候婆婆用膳，不過遭到斷然拒絕，雙月也不以為意，如果以為這樣就會讓她難堪，那就大錯特錯了。

等吃過飯，雙月就開始打起瞌睡了。

「不行！今晚可不能又睡掉了……」她答應過要把洞房花燭夜補給薄子淮，所以要保持清醒。

雙月努力用手指撐住眼皮，不讓它往下掉。

「夫人這是做什麼？」小惜端著熱茶進來就見到這副畫面，失笑地問。

「我怕睡著了……」她揉了揉痠澀的雙眼。

小惜將手上的東西擱下。「小全子方才來說，大人要在書房裡處理些公務，晚一些才會回房，讓夫人先睡。」

「我知道了。」雖然現在是「婚假」期間，還是有不少公文要看，雙月也知曉那個男人有多盡忠職守，自然不會抱怨。

「府裡的人都很好奇，也很羨慕夫人，才幾個月沒見，居然成為戶部尚書的養女，最後還嫁給大人，當上咱們的主子，從早上到現在，每個人都在談論這件事。」小惜為她倒了杯茶水，隨口說道。

「大概是我運氣好，不但遇到了好人，還願意收我為養女。」雙月也不便說太多，只能兩、三句話帶過。

「這麼一來，老夫人就算口氣還是不太好，可也不敢再像之前那樣故意找夫人麻煩了。」針對這一點，她就很替雙月高興。

「但願如此。」雙月可不像小惜那麼樂觀，根據前幾次交手的經驗，這不過是剛開始，並不是結束。

不過擔心這些也沒用，無論再大的困境，她都會想辦法突破。

她又打了個呵欠，眼皮快蓋上了。

「夫人別等了，還是先睡吧。」小惜見她的臉都快栽進茶杯裡去了。

聞言，雙月滿臉睏意的點了下頭，在小惜的幫助之下寬衣，然後坐在鏡檯前，解下頭上的髮髻。

「這樣就好了，妳也去休息吧。」她轉頭對小惜笑說。

小惜回了一聲「是」，就算當了主子，雙月在態度上並沒有太大的改變，也不禁寬心多了。

聽見房門關上，雙月便將掛在脖子上的琥珀取下，已經習慣早上起來再戴上，免得睡覺時，紅繩卡在脖子上不舒服。

「鬼阿婆……」她睇著躺在手心上的琥珀，喃喃自語。「妳一定沒想到我會嫁給妳的曾孫子吧？想當初只是答應來幫忙，可沒想到卻要一輩子留在這個朝代，最後連自己都賠了進去……」

說到這兒，雙月還真有些百感交集。「不過我是心甘情願嫁給妳的曾孫子，因為我愛他，所以更不能讓他死，一定要讓他活過二十八歲……鬼阿婆，妳快點告訴我該怎麼做？」

琥珀靜悄悄的，沒有回答她。

「鬼阿婆，妳該不會已經跑去當神仙了吧？其實當神仙是比去投胎當人好，不過好歹也要跟我說聲再見……」她還是要抱怨一下。

見鬼阿婆還是沒有現身，雙月只好把琥珀收進飾品盒中，準備就寢。

喀啦一聲，房門被人輕手輕腳地推開了。

雙月循聲看了過去，見到以為還埋在公文堆中的男人，不禁打趣地笑問：「已經忙完了？」

「剩餘的等明天一早再看。」薄子淮根本也靜不下心來，只想快點回到寢房，想要快點見到妻子。

她憋著笑意，開始伸手為他寬衣。「那麼說好要補給你的洞房花燭夜，你要現在討回去嗎？」

薄子淮笑咳一聲。「今天忙了一天，妳不睏嗎？」

「是有點睏，不過我不喜歡欠人家東西，所以還是早一點還清……」雙月有些手忙腳亂的脫去他外頭的馬褂，然後解開長袍上的絆扣。「明天一早還得去請安，所以不能太晚睡……」

「說得也是……」他目光漸漸轉熾。

待雙月卸去他身上的長袍，突然仰頭看著薄子淮，因為看得很專注，讓他不得不開口問。

「怎麼了？」薄子淮俯下頭，用額頭抵著她。

雙月張臂圈抱著他的腰。「我在想像……失去你是什麼滋味，可是卻發現我不敢去想像……」她不會因為忌諱就不提。

「妳不會失去我的。」他鄭重地說。

她胸口窒了窒，困難地吐出幾個字來。「只剩下不到半個月……」

「我知道。」薄子淮也用力摟緊懷中的嬌軀，就因為誰也無法預測這幾天會發生什麼事，才更加令人忐忑難安。

薄子淮心裡何嘗不著急，只能將焦慮的情緒壓抑下來，不希望影響到雙月，她已經受了太多的苦，只願她過得幸福快樂。

「我決定了……」她大聲地宣告。

「決定什麼？」

「給我一個孩子！」雖然羞澀，不過雙月還是大膽地說出來。

一聽，薄子淮笑到肩頭顫動。

「你笑什麼？」她掄拳打了過去。

他也不在意地由著雙月搥了好幾下。「妳的反應……總是讓我感到意外，可是又很窩心。」

「我這麼說並沒錯。」雙月瞪道。

「對，妳說得沒錯……」薄子淮將她按在胸口上，滿足地嘆息。

「如果盡了一切努力，用了所有的力量，結果還是讓人傷心失望，也只能接受那樣的結果，可是至少……至少還能有你的孩子……」她眼睛有些刺痛。「我不會讓薄家絕後……會把它撐起來……」

他親著雙月的額頭、眼皮、面頰、鼻頭，一直到嘴唇。「我相信……我真的相信妳辦得到……」

雙月聲音梗住了。「可是……在還沒到絕望之前……我們都不要放棄……」

「我沒有放棄，也不會放棄……」薄子淮發過誓一定要活下去。

「一定會平安度過的……」她踮起腳尖回吻。

「一定會的……」

他們激烈地擁吻著，彷彿這是兩人的最後一次。

彼此的雙手為對方脫下衣物，迫切地想要拉近距離，即便已經近到不能再近了，還是覺得不夠。

已經太久太久了……

渴望著能再更近一點……

當兩人之間再無任何衣物阻隔，甚至連兩顆心都緊緊貼在一起，分不清你我，這世間還有什麼好懼怕的？

薄子淮急切地親吻著、愛撫著，將柔軟的嬌軀覆在身下，想要索求更多，也想要付出更多。

可以感受到那勃起的慾望正抵著自己的大腿，雙月臉龐泛著紅暈，還鋪著一層薄汗，全身像快被火給吞噬了。

她本能地扭動身子，想要更親近些，又似乎想要逃離那股噬人的熱度，反而讓那已然勃起的慾望更為堅硬。

「若還會痛……要說出來……」薄子淮嗄啞地吐出話來。

再也無法等待下去，他只想將自己的一切全都給她。

雙月兩隻纖細的臂膀攀住他，輕咬下唇，感受著結合的力道，身子已經很久沒這般親密，還需要時間來適應。

「沒關係……」這是她想要的。

她想要他，想要一個屬於他們的孩子。

雖然雙月沒有算過所謂的安全期，也沒去研究過，不確定今天是不是受孕的日子，可是她還是懷著希望，祈求上帝能夠賜予。

「我要給妳一個孩子……」薄子淮粗嗄低喊。

他想要親眼看著孩子出生、看著孩子一天天長大，這是每個為人父的希望。

所以他要活下去……

「我們可以戰勝命運的……」一滴淚水從雙月的眼角滑下，只要意念夠強，就不會輕易被打敗。

他們擁住彼此，身與心也緊密地合而為一。

直到兩人的呼吸和喘息都平緩下來，還互相依偎著，誰也沒有睡著。

外頭的夜已經深了。

「……妳還會想回去嗎？」薄子淮拂開她頰上的濕髮問。

雙月對這個問題先是怔了一下，不過還是實話實說。

「如果可以的話，我希望讓我回去一天……半天也可以，至少能夠交代一些事情，不然答應人家的事沒有做完，總是過意不去。」

「嗯。」他能夠理解雙月的想法。

她調整了個舒服的睡姿。「不過我也知道不可能，所以就不去想了，只想怎麼在這個朝代好好地過日子。」

這番話讓薄子淮不再存有疑慮，不再擔憂雙月放不下原本生活的世界，她是真的全心全意投入在這裡了。

「早點睡吧。」

「好……」雙月打了個呵欠，陡地想到什麼。「啊！」

薄子淮又掀開眼皮。「怎麼了？」

「剛剛做完，我忘了叫你把我的雙腳抬高……」她突然想到上回跟婉鈺說的那些小撇步，現在才做可能太晚了。

「雙腳抬高做什麼？」他困惑地問。

於是，雙月便把未來的女人如何順利受孕的姿勢告訴他，薄子淮聽了之後，笑到差點翻下床去。

「有什麼好笑的？很多人都這麼做，聽說還滿有用的……」她可是為了孩子才這麼辛苦的。

他還是笑到說不出話來。

「我要睡覺了。」雙月火大的背過身去。

「好、好……我相信有用……」薄子淮連忙從後面抱住她，迭聲安撫。「下次我會記得把妳的雙腳抬……抬高……」

她嬌哼一聲，決定不理他。

薄子淮唇畔還掛著笑，心口是熱的，一手攬著妻子，等明天早上氣消了，再跟她賠不是。

此刻的他，只想與妻子共眠。

第四章　鬥法

又過了一日——

「……請兩位先回去吧。」

雙月聽著婆婆身邊的貼身婢女碧玉這麼回覆，和身旁的夫婿交換了個眼色，這一記閉門羹，看來也是故意的。

古代的媳婦遇到這種事，都會怎麼做？

她偏頭想了又想，沒當過媳婦兒，實在沒有經驗。

「婆婆身子不舒服嗎？」雙月試探地問。

碧玉搖了搖頭。「老夫人……她是心情不好。」

「為什麼心情不好？」雙月有些明知故問。「是誰惹她生氣了？」

「這……」碧玉不知該如何回答。「是……是……」

聽她回答得吞吞吐吐，雙月自然也心知肚明。「婆婆是在生我的氣吧？從昨天氣到現在，火氣還真大，記得待會兒讓廚房準備一些退火的東西給她喝，可別氣壞了身子。」

「呃、是。」碧玉沒想到雙月會這麼回答。

一般媳婦兒聽到婆婆在生氣，而且還是生自己的氣，哪一個不是馬上跪下來乞求原諒，不斷地賠不是，可不像這位新進門的夫人，一副事不關己的模樣，更不認為自己有錯。

一旁的薄子淮雖然沒吭聲，不過嘴角微微地上揚，彷彿在忍著笑意。

也許他這個兒子應該緊張地進屋探視，甚至命令妻子下跪賠罪，可是心裡相當清楚額娘是存心要刁難雙月，自然不可能這麼做了。

「相公，婆婆不想見到我，這該怎麼辦？」雙月問得很直接。

薄子淮佯嘆一聲。「咱們先回去吧，晚上再過來。」

「是，相公。」她頷首地說。

就這樣，夫婦倆轉身走了。

碧玉則愣在原地，不知該如何進去跟主子說，準會挨上一頓罵的。

走了十多步，雙月又回頭看了一眼，心想晚上多半也見不到，婆婆這麼做又有什麼意義呢？

見雙月一臉疑問，薄子淮便為她解惑。

「通常遇到這樣的狀況，按照規矩，媳婦兒都會跪在婆婆面前，請她不要生氣，然後求她原諒。」他方才沒有讓雙月這麼做，也是認為不需要。

聽完了解釋，雙月不禁錯愕。

「我又沒做錯事，為什麼要跪下來求她原諒？」她反過來問。

薄子淮低笑一聲。「無論是對還是錯，當媳婦兒的都要先認錯，讓婆婆息怒才是最重要的。」

「你要我跪嗎？」雙月問。

他輕輕一哂。「就像妳方才說的，妳並沒有做錯事。」

雙月不禁莞爾。「你不在乎規矩了？」

「不是不在乎了，而且必要時得有所取捨。」薄子淮已經想通了，規矩並不是絕對的準則，當發生衝突時，它反而會帶來傷害。

「以後不能再罵你不知變通、做事一板一眼了……」雙月拍了拍他頭上的瓜皮帽。「孺子可教也。」

他一臉好氣又好笑，拉下雙月的小手，握在掌中。「待會兒還要去見妳那兩位兄長，因為他們明天就要回京，所以我打算中午宴請他們，為他們餞行。」

「這是應該的。」養父母的兩個兒子也把自己當成妹妹，還親自送她出嫁，雖然相處的時間並不長，不過雙月很珍惜這種緣分。

人與人之間，靠的不是血緣，而是緣分。

即使不是親生的，也能真誠相待。

雙月確實體會到了，對於自己的親生母親，心中曾有的怨懟，也就一點一滴的消失，不再那麼耿耿於懷了。

於是，兩人簡單地用過早膳，雙月讓小惜去忙別的事，獨自留在房裡，正想把之前畫的漫畫拿出來整理。

「……ㄚ頭。」

突然冒出來的聲音讓她從凳子上驚跳起來，拍了胸口幾下。「鬼阿婆，妳要現身也先出個聲音，不然會嚇死人的……」

薄太夫人踱了踱手上的龍頭枴杖。「妳有這麼沒用嗎？」

「真是謝謝妳這麼看得起我……」雙月淡諷回去。「我還以為妳已經跑去當什麼神仙了，原來還在這兒。」

「哼！老身只是不想打擾你們。」

雙月斜覷了下鬼阿婆，本來還想吼個幾句，不過自己已經是薄家的媳婦兒，不能再像以前那麼無禮。

「妳一定很意外我會嫁給妳的曾孫子吧？」她不太確定鬼阿婆的反應，於是吶吶地問。

只見薄太夫人笑了笑說：「老身當初不是說過妳和薄家有緣嗎？如果妳不嫁給老身的曾孫子，要怎麼救他？」

「妳……妳的意思是說妳早就知道會變成這樣？」雙月先是一陣驚愕，接著便是憤怒，原來自己又被騙了。「當初為什麼不先告訴我？」

薄太夫人假咳一聲。「如果老實告訴妳，妳將來會嫁給老身的曾孫子，還會答應幫忙嗎？」

「當然不會！」她大聲吼道。

當初要是知道將來會嫁給一個身在清朝的古代男人，雙月就算每天晚上都被鬼壓，也不可能答應這麼荒謬的事。

「這不就對了？」薄太夫人說得理直氣壯。「何況老身答應過菩薩，絕對不會出面干預，也不能指點妳該怎麼做，所以是妳這丫頭自己要喜歡上老身的曾孫子，也是心甘情願要嫁給他的，怎麼能說老身騙妳？」

「妳根本是在強辭奪理，就算是我自己要愛上他，當初也不該騙我說只是來幫個忙，應該先把話說清楚，這種行為擺明了就是蓄意欺騙。」雙月可不打算讓她撇清責任。

「不論當初是蓄意還是無心，妳已經是薄家的人，薄家也有救了，不枉老身等了這麼多年……」她嗚咽地說。

見鬼阿婆不停地用袖口抹著眼角，只是前車之鑑不遠，雙月可不太相信那是真的眼淚。

「為什麼是我？」她一直想問這個。

薄太夫人見這一招失靈，萬不得已之下，只好稍微透露一點內幕，不然這丫頭不會再相信自己的話了。

「其實真正的原因是妳和老身的曾孫子之間的紅線……出了點小小的問題，因為拉得太長，導致你們這一世連見都見不到一面……」

「這叫小小的問題？」雙月不禁傻眼了，原來搞了這麼大的烏龍，結果吃苦受罪的卻是她這個無辜的第三者。「那我是不是應該去跟相關單位舉白布條抗議，要主管下台？」

薄太夫人嘆了口氣。「不用妳去抗議，人家早就去領罰了，只是菩薩原本打算下一世再好好補償你們，可是這麼一來，薄家還是會絕後，所以千求萬求，好不容易才讓祂答應老身把妳帶到清朝來，只是最後會不會成功，還是要看妳自己。」

「這麼大的事為什麼不早一點說？還一騙再騙，你們簡直就是一群詐騙集團。」雙月聽了更火大。

「說了又有什麼用？」薄太夫人也很無奈。「難道妳想到菩薩面前，向祂討回一個公道？」

雙月一臉忿然地指責。「難道不應該嗎？要不是我的意志力夠強，早就被害死了，妳有沒有想過這個問題？」

「老身當然有想過，可是也因為妳的命夠硬，個性又不服輸，才有可能將薄家的命運扭轉過來。」薄太夫人自知理虧，只好誇她幾句。

她兩眼瞇起，很難不懷疑。「妳老實跟我說，該不會連妳曾孫子活不過二十八歲這種事也是騙人的？」

薄太夫人趕緊澄清。「這件事我保證沒有騙妳，就因為你們這一世雖然身上繫著紅線，不過卻是有緣無分，以至於命運跟著出現變化……記得他在幾個月前生的那場大病嗎？就因為積勞成疾、抑鬱成病，小病成了大病，要不是心心念念著要娶妳為妻，才讓他有了求生意志，否則早就撐不過去了。」

「這麼說來，相公應該可以活過二十八歲才對。」雙月不禁喜出望外。

「唉！」薄太夫人搖頭嘆息。「命運雖然已經偏移了，還是難逃劫數，只是現在這個劫數不確定何時會降臨在他身上。」要是能這麼輕易就改變了，也就不需如此煞費苦心了。

雙月的心情跟著大起大落，心想這根本是在整人。「只有偏移？怎麼會這樣？那現在該怎麼辦？」她氣急敗壞地問。

「菩薩說過命運雖然已經注定，卻也會隨著當下所作出的決定，以及一念之間的轉變而更動，就看妳能不能通過『考驗』了。」薄太夫人笑得「和藹可親」，就是希望再度博取雙月的信賴。

「什麼考驗？」

薄太夫人沒有正面回答。「要是通過了考驗，你們將會有一個兒子。」

「真的嗎？」雙月馬上被轉移話題了。

「對，不過也要妳努力幫老身的曾孫子才行。」她也只能用這個法子鼓舞這丫頭的士氣，不算是騙人。

「不用妳說，我當然會努力幫他了，不過到底要怎麼幫呢？」雙月想從鬼阿婆口中探聽出什麼。

「這……」薄太夫人噤聲不語，因為不能再說下去了。

就在這時，小惜推開房門進來了。

見鬼阿婆又回到琥珀中，雙月情急地叫著。「妳把話說完再走……到底會怎樣？妳給我說清楚……」

小惜左顧右盼地問：「夫人在跟誰說話？」

「沒有人，只是剛剛打了個瞌睡，作了一個噩夢……」鬼阿婆每次都講一半就落跑，讓雙月既無奈又生氣。「有什麼事嗎？」

聽鬼阿婆說她會有個兒子，身上不只流著自己的血，還是這世上她最親的親人，薄家也不用再擔心絕後，確實是最大的鼓勵，一顆懸在半空中的心登時放下一半，眼眶跟著紅了，現在只要相公能夠度過難關，雙月真的就心滿意足了。

「夫人，有人想見妳。」小惜說。

雙月把心思拉回來。「誰要見我？」

「就是老夫人身邊的紫鴛和彩荷，說有些話想跟夫人說。」

「……好吧。」雙月不知道跟她們還有什麼話好說。

小惜轉身出去，才過一會兒，兩名婢女進來了。

就見曾經在自己面前氣勢凌人的彩荷和紫鴛，收斂了氣燄，低垂著頭，慢慢走到雙月面前，福身見禮。

「見過夫人。」

她打量眼前兩名婢女。「妳們要跟我說什麼？」

「夫人，之前奴婢有對夫人無禮的地方，還請原諒……」

「奴婢只是聽從老夫人的命令行事，請夫人不要見怪……」

紫鴛和彩荷忙不迭地開口求饒，就怕雙月會採取報復行動，想來想去，只好兩邊都討好。

就算薄家一向是老夫人在掌握大權，可是老夫人會老，說不定再過幾年就無法主事了，那麼便輪到夫人當家，所以還是不能得罪。

「原來是為了這個……」雙月先是一怔，然後恍然大悟，看來她們還真懂得見風轉舵，眼看情勢不對，馬上選邊站。

不過這動作也太快了，自己才嫁進來第三天，婆媳之爭才剛拉開序幕，至少等觀望一陣子再說，她不解地忖道。

「還請夫人恕罪。」兩人當場跪下。

不是雙月喜歡懷疑別人，而是擔心這又是另一個陰謀，想要先博取自己的信任，然後伺機而動，所以對她們的舉動持保留態度。

「我知道妳們不過是奉了婆婆的命，也是身不由己，不會責怪妳們的。」自己雖然是個有仇必報的人，不過並不會真的做出傷害對方的行為，而是列入黑名單，從此小心警惕、保持距離。

兩名婢女聽了不禁大喜。「謝謝夫人。」

「以後還請妳們跟過去一樣，好好伺候婆婆的生活起居。」雙月也不會笨到在她們面前說半句壞話。

彩荷和紫鴛相覷一眼，似乎沒料到雙月會這麼說，還以為會乘機拉攏，然後吩咐她們暗中監視老夫人的一舉一動，甚至不必太盡心盡力之類的，沒想到肚量這麼大，居然不在意之前的事，也沒有責怪的意思。

這可不是每個人都辦得到的，兩人同時有了這個想法，對雙月也就不敢再像過去那般瞧不起了。

「是。」她們同時應聲。

待兩名婢女離去，雙月托著下巴，想著兩名婢女的目的，到底是別有所圖，還是真心懺悔。

「夫人真是寬宏大量。」小惜把一切看在眼底，也很贊成她這個做法，知道雙月雖然個性倔強，不過心地善良，又很會替他人著想，因此能被派來服侍她，真的很高興。

雙月抬眼笑覷，「有時對過去的事太過在意，反而會一直鑽牛角尖，也會在原地繞圈子，找不到方向，更別說往前走了。」

「雖然奴婢不是很明白，可是這麼一來，其他人也不會覺得過意不去了。」她要趕快告訴大家。

「怎麼說？」

小惜捂唇笑了笑。「還不是因為之前的事，因為擔心被夫人連累了，老夫人會將矛頭指向她們，所以都刻意躲避，一直都覺得良心不安。」

「喔……」經她這麼提醒，雙月才想起來。「我根本忘了這件事，何況那是一個人的本能反應，為了活命才不得不那麼做，我也沒有權利怪她們，反倒害她們擔心受怕，所以過去的事就讓它過去，真的不用放在心上。」

「是，奴婢會跟她們說的。」小惜笑著頷首。

雙月又托著兩腮。「不過現在最大的問題是婆婆那邊……」總不能一輩子都不見自己吧？

如果婆婆的用意是要她下跪請罪，不這麼做，就冠上一個不孝的罪名，那可要大失所望了，因為雙月自認沒有做錯事，當然可以抬頭挺胸、堂堂正正，更不會去在意別人的眼光。

看來只有先等對方出招了。

到了中午，她和薄子淮設宴款待兩位兄長，也算為他們餞別，這對兄弟在臨走之前，再三叮囑妹婿，要對她好，讓雙月既感動又不捨。

來到清朝之後，她得到了很多東西，有朋友、也有家人，已經很幸福了。就算曾經遇過不好的事，可是也得到了很多，所以上帝是公平的，相信只要努力，以後會過得更好。

雙月打從心底這麼認為。

如同前幾天，一早，雙月就跟著相公前來跟婆婆請安。

今天會見他們嗎？

夫婦倆用眼波無聲地交流，不必開口，自然知道對方在想些什麼。

過了片刻，就見彩荷出來了。「請！」

於是，雙月不動聲色地跟著相公走進屋內，全身的神經也進入了備戰狀態，不管是刀或槍，都可以抵擋得住。

當他們來到薄母面前，雙雙見禮。

「……嗯。」薄母從鼻孔發出單音。

薄子淮和妻子交換了個眼色，然後一塊落坐。

「額娘身子好些了嗎？」他還是要盡兒子該盡的義務。

雙月自然也要關心幾句了。「聽說婆婆這兩天火氣大，不知好些了嗎？要不要找個大夫來瞧一瞧？」

「沒病看什麼大夫，只要別看見妳就不會一肚子火了。」她一直在等「媳婦」來跟自己這個婆婆下跪請罪，低頭認錯，可是左等右等，都等不到人，不禁氣得咬牙切齒，只好再使出別的手段。

「是，媳婦兒明白了，以後會自動閃得遠遠的，絕不會讓婆婆看見，又惹婆婆火氣大了。」雙月也樂得輕鬆，反正府邸夠大，根本沒什麼機會碰面。

薄母頓時氣結。

被這麼橫眉豎眼的怒瞪，雙月也不痛不癢，更讓她氣壞了。

「還有一件事……」薄母馬上重整旗鼓，傲慢地斜睨一眼。「子淮二十八歲生辰就快到了，依他的年紀，早就該有好幾個孩子，為薄家開枝散葉……」

聽到這裡，雙月臉上不禁露出焦慮不安的神情，她可是擔心到晚上睡不著，又不想讓枕邊人發現，因此只能裝睡。

「子淮之前原本有兩個小妾，結果被他送走了，現在既然有妳這個正室，也如了他的心願，總該同意讓子淮再納個妾，萬一妳不能生，可就麻煩了。」她深信是雙月唆使兒子那麼做，這筆帳要好好地算。

薄子淮俊臉倏地一凜，含怒說道：「額娘不該說這種話！」這世上有哪個當婆婆的詛咒媳婦無法生育，不禁感到心痛不已。

「額娘也是為薄家著想，要是娶個不能生的女人進門，怎麼對得起列祖列宗？」薄母低哼地反駁。

「這一點婆婆不用操心，媳婦兒的身體很好，絕對可以生得出孩子的。」雙月並不會覺得難堪或生氣，一根軟釘子就過去了。

她抬高下巴哼氣。「就算外表看起來很好，誰又能保證一定會生，還是先納個小妾進門，以防萬一。」

雙月也不拐彎抹角，直接回絕了。「真的很抱歉，媳婦兒不能答應讓相公納妾，相公也親口同意這輩子不會有別的女人。」

「妳說什麼？」薄母先是怒喝，接著冷笑一聲，彷彿揪住敵人的小辮子了。「一個容不下相公納妾，如此善妒的女人，可不配當薄家的媳婦兒，子淮，馬上把她給休了，相信親家那一邊也不會有異議。」

聞言，薄子淮在心中嘆了口氣，早就猜到這就是額娘的目的，無論如何都容不下雙月，那麼他也該表明立場。

「額娘，雙月是孩兒用八人大轎迎娶進門的正室，更是這輩子唯一想要的女人，絕不可能休了她。」他正色地說。

「你是存心要跟我作對？」薄母惱火地瞪著兒子，全身微微發抖。

「婆婆，就算被說是善妒也無所謂，媳婦兒還是不會答應的。」雙月不認為這麼做有任何錯，憑什麼要她答應跟別的女人共有一個男人？她不當小三或小四，也不會讓別的女人進門，那些傳統觀念對她來說不存在。

「身為媳婦兒，居然敢違抗婆婆的意思？」薄母怒不可遏地質問。

「婆婆的意思是承認我這個媳婦兒了？」沒想到雙月不但一點都不害怕，或是求她息怒，反倒像是抓到了語病，露出狡黠的笑意。

「妳別作夢！」

雙月頷了下首，佯裝出遺憾的口氣說：「原來不是，還以為婆婆終於接受我是薄家的媳婦兒，真是有點可惜。」

「如果我接受了，妳就會讓子淮納妾？」她當然不是真的打算承認雙月，倒是可以做做樣子，先達到目的再說。

「當然不會了。」雙月不假思索地回道。

也許有人會說不該跟婆婆回嘴，或是頂撞，要唯唯諾諾、乖巧聽話之類的，那麼她這個媳婦兒可能真的不及格，不過雙月也沒想過要保有那種對於婆婆無理的要求，始終不敢表達意見的傳統形象。

她就是她。

更不會在壓力和迫害之下，勉強自己做個委曲求全的好媳婦，那麼做並非真的就是解決婆媳之爭的好辦法。

薄母氣得臉紅脖子粗。「妳……妳好大的膽子！」打從嫁進這個家，沒有人敢像她這般違抗過自己，更加覺得地位岌岌可危。

「就算婆婆看我不順眼，處心積慮地要相公休了我，我也不會輕易妥協，更別說讓步了……」雙月從座椅上起來，口氣也不再故作溫順，開口「媳婦兒」、閉口也是「媳婦兒」，古人連說個話都這麼累，那麼就讓她來打破規矩。

「只是希望婆婆有一天能放下心中的成見，還有原本的芥蒂，可以不用做到非要喜歡我不可，但是至少願意用正眼看我，還有認識我究竟是個什麼樣的人，這也是我僅有的要求。」她真的奢求不多，只希望婆媳之間能互相瞭解，如此一來，才有辦法溝通。

「哼！妳有什麼資格對我說教？」薄母根本聽不進去，一個身分卑賤的丫頭，只配提鞋。

雙月板起小臉，沒有怒氣，只有一股無力感。

「婆婆就只在意一個人的出身好不好，光用身分來判斷對方的好壞，而不是本質和內在？那麼真是令人失望，我以為依婆婆的閱歷和眼光，應該更懂得怎麼看人才對。」她沈重地說。

看來說再多都沒有用，只是自取其辱，要改變已經定型的個性和觀念，真是比登天還難，雙月已經沒什麼好說的了。

「妳這是在教訓我？」這些話在薄母聽來可是刺耳得很。

「好了，別再說了。」薄子淮並不認為雙月有說錯什麼，只是太過直接，不夠委婉，會讓彼此的關係更為惡劣，於是適時的制止。

「是，相公。」雙月也看懂他的眼色，垂眸回道。

「請額娘原諒。」他代雙月道歉。

雖然兒子開口緩頰了，薄母可不打算吞下這口怒氣，當然要再教訓幾句。「別以為嫁進門了就是主子，府裡的事最好少插手。」

雙月張口欲言，最後還是閉上了。

「額娘，咱們先回去，用晚膳時再過來。」薄子淮起身說道。

聞言，薄母只是把臉一撇，當作沒聽到。

待夫婦倆離開之後，雙月一路上都沒有出聲。

走了一小段路，薄子淮才停下腳步，回頭看她。「方才阻止妳繼續說下去，並沒有責備妳的意思。」

「……這個我知道。」她扯出一個勉強算是笑容的表情。「只是有種很深的挫折感，不曉得該怎麼跟你額娘溝通。」

「如果額娘這麼容易溝通的話，許多問題早就解決了。」薄子淮抬起一條手臂，將她擁得近些。「不過當面跟她發生衝突，反而會讓情況更糟。」

雙月靠著他的肩頭，突然很想哭，眼圈也真的紅了。

「其實……剛剛我真的很想對她大吼，你都不曉得能不能活過二十八歲，她還在那裡在意我的出身、有沒有資格當她的媳婦兒……如果不是因為你，她以為我很稀罕嗎？」就算是免費贈品也不想要。

「現在說了也是於事無補……」他不禁心疼地攬緊雙月，安慰地說。「額娘也不會相信這種事，只會以為咱們在恐嚇威脅她。」

她把淚水往薄子淮身上抹。「就是因為這樣才更生氣……」愛上這個男人，繼而嫁給他，雙月才願意擔負起薄家的傳承大業，要不然她根本不在乎，頂多覺得對鬼阿婆過意不去，承諾過的事沒有做到而已。

「別哭……」

「我才沒有在哭！」雙月倔強地哼道。

薄子淮豈會不瞭解她的心情，為了讓雙月破涕為笑，還是說點開心的事。「妳還記得敏兒嗎？」

「啊！我正想找時間跟你商量有關她的事……」她揚起小臉，眼皮微腫。「現在這種情況，也不能把她接回來，那麼就得另外安排住處了。」

「不用另外找了。」他笑說。

「為什麼？」雙月一臉納悶。

「這段日子她住在楊家，楊千總夫婦倆都視她如己出，而敏兒在他們的關心之下，個性也慢慢開朗起來，他們還打算收她為養女。」薄子淮笑睇著她驚喜的表情。「他們原本過兩天要帶敏兒來看妳，親口跟妳說。」

「他們真的要收養她？」她自然是贊成。「敏兒怎麼說？她願意嗎？」能夠有一個家，當然是好事了。

他微微一哂。「敏兒也同意了。」

「真是太好了。」雙月打從心底高興有這個結果。「不過在這之前，我還是要見敏兒一面，親自確認她的意願，這樣才能放心。」

「好。」薄子淮頷了下首。

「不如現在去好了。」她有點等不及了。

「不必這麼心急。」他不禁失笑。

「當然要去突擊檢查了……突擊檢查的意思就是在未知會對方之下，突然去拜訪，才能看到真正的原貌，確定他們到底適不適合收養敏兒，畢竟她年紀還小，心靈又受過創傷，需要一個能夠真正接納她，撫平那些傷口的家庭，還有家人。」說著，雙月便一把拉著他，先回房換衣服。

「快點！現在就去……」她催促道。

雖然不明白雙月話中的道理，不過薄子淮卻能感受到她的關懷，更會站在對方的立場著想，這些已經足夠了。

「我讓人準備轎子。」他不再說什麼，順著雙月的意思，前往隸屬於江寧城守營，擔任千總的楊國柱府中。

半個多時辰後，兩頂轎子來到楊家門外。

楊國柱的妻子羅氏是個看來樸素老實的女人，聽說才剛成親的兩江總督夫婦登門拜訪，慌慌張張地出來見禮。

「今日是私下造訪，就不用多禮了。」薄子淮溫聲地說。

羅氏回了一聲，便請他們入廳。

而雙月也乘機打量她，見羅氏衣裙上還沾了麵粉，想必剛從廚房出來，又見屋子不大，也只看到一個應門的奴才，還有正端茶進來的婢女，生活相當簡樸，心想一個六品官也不可能過得多奢華，否則才真的有問題，不過有沒有錢並不重要，重要的是心。

雙月開口致歉。「應該先派人來通知一聲才對，沒打擾到你們吧？」

「夫人別這麼說，只是剛好在廚房裡做敏兒愛吃的點心，連衣服也來不及換下就……」羅氏靦覥地解釋。

她對楊千總的妻子因此多了幾分好印象。「我今天來就是為了敏兒的事……」才說到這兒，就聽到有人喚著自己。

「雙月……」敏兒一路奔向她。

見到敏兒比之前活潑許多，臉上多了笑容，聲音也大了些，雙月從座椅上起來，抱住衝進自己懷中的孩子。

敏兒兩頰紅潤，開心地說：「妳回來了……」

「我不是說過回到江寧之後，一定會來看妳嗎？」雙月見她似乎胖了些，眼底多了光彩，不再茫然無助，這些便是自己想要的答案。

她羞怯地笑了。

「我想跟敏兒單獨說些話，不知方不方便？」雙月徵詢羅氏的意見。

羅氏福了下身，便暫時退出廳外。

待羅氏一走，雙月才將敏兒拉到身畔，問道：「他們對妳好嗎？」

「楊叔叔和嬸嬸對我很好，嬸嬸還會做點心給我吃……晚上作噩夢時，嬸嬸也會哄我睡覺，一直陪著我，等我睡著才走……」敏兒便把這幾個月相處的經過說出來。「他們都是好人。」

雙月相信她說的都是真的，因為「愛」能夠治癒一切，心中的疑慮也一點一滴的消失了。

「他們想收妳為養女，妳真的願意？」

「那……我以後還能再見到妳嗎？」她只擔心這個。

「當然可以，不管是想見我，或是有任何困難，都可以來找我。」雙月當場允諾，讓敏兒覺得有人可以依靠。

敏兒得到她的承諾，用力地點頭。

「妳真的願意把這裡當作以後的家，把楊千總夫婦當作爹娘一樣，也願意把心裡的事告訴他們？」雙月再確定一次。

「我很喜歡這裡，也喜歡楊叔叔和嬸嬸，很想當他們的女兒。」敏兒已經可以坦然說出內心的渴望了。

「這樣就好。」雙月吸了吸氣，因為能有一個家，是多麼值得高興的事。

坐在一旁的薄子淮看得出那是釋然的淚水，雙月不會反對讓楊千總夫婦收敏兒為養女了。

「看到她在這裡過得很好，妳也可以安心了。」

雙月朝他一笑，然後再度望向敏兒。「妳只要記住一件事，不論將來發生什麼事，妳都不是一個人，還有我可以幫妳。」

「我不會忘記雙月的。」因為是雙月救了自己。

用手背抹去滑下的淚水，她很慶幸敏兒比自己幸運，不需要孤單太久，已經有人願意張開雙臂接納她。

抱住敏兒，就像抱住當年小小的自己，在心中祝福著，一定不會有事的，這次一定可以擁有個家。

於是，雙月安心地將敏兒交予楊千總夫婦，一旦有了完整的家，深烙在心頭的傷口也會慢慢癒合，即使還留下痕跡，那也只是為了無時無刻提醒自己要更珍惜得來不易的幸福。

她是如此地深信不疑。

第五章 兩難

還剩下三天。

雙月一面捧著補服過來，伺候薄子淮穿上，一面這麼想著。

「在想什麼？」見她心神不寧，薄子淮當然猜得到是為了何事，不過還是裝作不知情。

她抬眼瞅了一下。「我今天跟你去『上班』。」

對於這些怪異的字眼，薄子淮早就聽習慣了，大概懂得她的意思，於是愕然地問道：「為什麼？」

「當然是要寸步不離的守在你身邊了。」雙月丟了一顆白眼過去。「而且不只今天，在你生辰的最後這三天都要。」

「雙月……」薄子淮不由得失笑。

「我可以扮成奴才的樣子，這樣跟在你身邊，別人也不會覺得奇怪。」她都已經想好了。

「雙月……」

她不給薄子淮拒絕的機會。「你或許會覺得我小題大作，可是與其待在家裡提心吊膽，還不如跟在你身邊。」

「雙月……」

「讓我去！」雙月相當堅持。

「雙月。」薄子淮一把抱住她，讓雙月眼眶不禁泛紅，也伸臂用力回摟。「我會待在部院裡處理公文，什麼地方都不會去，所以不會有事的。」

「可是有句話說人在家中坐，禍從天上來，搞不好屋頂年久失修，不小心掉了一塊磚瓦下來，剛好打到你的腦袋；或是等一下有地震，就是地牛翻身的意思，你不小心跌倒，把自己撞昏了，沒有及時逃出去……」她不斷想像各種可能，愈想心頭就愈慌了。

薄子淮不知該惱她詛咒自己，還是因為這些荒唐的想法而大笑。「我很確定屋頂很牢固，不會有磚瓦掉下來，至於地牛翻身更是從沒發生過。」

「沒發生過不代表就不會發生了，千萬不能輕忽大意……」雙月又「啊」了一聲。「你跟我說過之前生了一場大病，會不會突然復發了？剛剛還聽見你咳了兩聲，要不要找大夫來看一下？」

「雙月，我會格外小心注意的，不要擔心……」他有些哭笑不得。

雙月也知道自己就像驚弓之鳥，只要有個風吹草動，就會大驚小怪的，可是她真的冷靜不下來。

「我真的不能跟你去？」她沮喪地問。

他用掌心輕撫著雙月的背脊。「妳若是跟去了，我會無法安心處理公務。」何況總督部院裡都是男人，更不能讓她跟去，就算扮成奴才也一樣。

「……好吧。」雙月也不能任性到硬要跟不可。

「我答應妳會早一點回來。」薄子淮柔聲地允諾。

「嗯。」她將臉蛋偎近男性胸膛，深深地吸了口氣，有他的氣味，也令自己的心情安定許多。

待他把補服穿戴好，便踏出寢房。

等在外頭的小全子朝他們躬了下身，自從主子娶妻之後，自然也不便進去伺候梳洗了。

「對了！」雙月靈機一動。「相公，讓小全子跟著去好了。」

小全子突然被點到名，一臉不解地等待指示。

「……小全子，你這幾天就跟著大人去總督部院，不管他去哪裡，就算是上茅房，都要緊緊地跟在身邊，要時時刻刻提高警覺，注意四周的動靜，有任何狀況，隨時讓人來通知我。」她叮嚀地說。

「呃……」小全子聽得一愣一愣的，只能求助地看向主子。

薄子淮笑嘆一聲，也不得不答應這個要求。「好，這幾天就讓小全子跟著我，這樣總放心了吧？」

「你自己千萬要小心。」雙月囑咐地說。

「妳也一樣。」他深深地看著她，意有所指。

「我會的。」雙月自然明白這句話在暗示什麼。

兩人望進彼此的眼底，有些事已經不需要再用言語來表達了。

待她送薄子淮出門之後，心裡有些悵然若失。

活到這麼大，雙月從來不相信什麼命運，鬼阿婆那天不也同樣說過了，就算命運已經注定，也並非真的無法改變，只是對象換成自己所愛的男人，攸關他的生命安全，在關心則亂之下，自然無法正常思考。

其實所謂的命運，應該是三分天注定、七分靠努力，既然相公原本會在幾個月前的那場大病中去世，可是現在已經成功躲開了，那麼絕對可以逃過下一關，無論要面對什麼，一定要有信心。

於是，雙月打起精神來用早膳，然後找些事來做。

「……別以為嫁進門了就是主子，府裡的事最好少插手。」

她又想到婆婆說這句話的意思，就是擔心自己想要奪權，在薄家待了這麼久，要不瞭解都很難。

到底該怎麼做，才能說服婆婆接受自己？

就算再聰明再有智慧的女人，都無法克服這道千古難解的婆媳問題，何況是她呢？這並不是在滅自己威風，而是在漫畫裡頭，通常王子與公主結婚之後，故事就結束了，根本很少提到婚後的婆媳相處，以及溝通了。

雙月心裡也明白這不是說幾個故事就能夠解決，不禁大為苦惱。

不久，外頭飄起細雨，空氣也多了濕意，讓雙月振作起來的心情又鬱悶了。

「……夫人。」小惜的呼喚聲打斷了她的思緒。

雙月睇著小惜欲言又止的神情，心中頓時有了個底，因為相公出門，身邊沒有了靠山，不失一個大好機會。

「老夫人有請。」小惜一臉擔憂地傳達。

該來的還是躲不掉，只有應戰了。

「說我馬上過去。」她沒有任何猶豫地回道。

小惜便先出去向等在外頭的婢女回覆主子的意思，然後又踅了回來。「真的不要緊嗎？」

「我不會逃避的。」無論婆婆想要怎麼惡整她，甚至當面數落她的不是，雙月都要往前走。

就這樣，主僕倆走進了細雨紛飛中。

雙月拉攏一下披肩，兩眼不僅熠熠有神，全身上下燃燒著熊熊的鬥志，擺出一馬當先、萬夫莫敵的架勢，腳步未曾停歇地前往位於西邊的院落。

為她打傘的小惜被雙月身上的萬丈光芒給閃花了眼，不過心裡還是相當憂慮，卻又幫不上忙，只有乾著急的分。

來到目的地之後，站在寢房外頭的紫鴛等待著主僕倆來到面前，便先朝雙月福了下身。

「夫人請。」其實她和彩荷、碧玉也都還在觀望，這一場婆媳之爭，最後的贏家究竟是誰。

不用跨進門檻，雙月便瞧見坐在屋裡的婆婆，依舊擺出一張高貴傲慢的表情，真替她覺得辛苦。

待雙月進了門，就解下披風交給小惜。

「婆婆找我來，不知有何吩咐？」應該這麼問沒錯吧。

「跪下！」薄母高高在上的睥睨著她。

唉！果然是想趁相公不在，把她找來教訓一頓，雙月覺得這個梗太老套了，能不能多點創意，不然一下子就被猜中了。

「妳敢不從？」薄母咬牙斥喝。

「我做錯什麼了嗎？」她真的很想嘆息。

「無論有沒有做錯，都給我照做……」說著，便朝身邊的幾個貼身婢女使了個眼色。「快點把她按在地上！」

彩荷和紫鴛她們不禁面面相覷，畢竟雙月現在可不是婢女的身分，而是主子，背後又有靠山，一時之間不敢輕舉妄動。

見婢女妳看我、我看妳的，竟敢不聽自己的明令，薄母的火氣燒得更旺。「妳們還愣在那兒做什麼？快讓她跪下！」

「理由呢？」雙月睨了她們一眼，大致猜得到為何不敢照辦。

「什麼理由？」薄母愣愣地問。

「既然我沒有做錯事，為什麼要下跪？」雙月在眾目睽睽之下，逕自在圈椅上坐下。「我既不是府裡的婢女，不可能再任由打罵，婆婆也不承認我這個媳婦兒，那麼總該有個理由，才能讓人心服口服。」

薄母握緊座椅的扶手。「我說的話就是命令。」

「那麼我只能說聲抱歉了，對於不合理的命令，我可以選擇不去服從。」對雙月來說，這是很自然的觀念。

「什……什麼？」薄母簡直傻眼了。

雙月將目光移往侍立在一旁的彩荷她們，用詢問的目光問：「有茶嗎？」這不是在擺架子，而是提醒。

「呃……是。」彩荷她們先是愣了一下，不過馬上就去準備。

「妳憑什麼使喚她們？」薄母氣結地問。

她口氣毫不退縮地說：「奉茶是基本的禮數不是嗎？如果是婆婆的話，應該也會這麼要求的。」搞不好還會先罵人。

「妳想氣死我嗎？」薄母從沒見過這麼不知羞恥的女人。

「當然不想了，我真心希望婆婆能長命百歲，能親眼看著孫子出生，看著薄家愈來愈興旺，到時就會明白相公娶我是正確的選擇。」雙月口氣充滿自信。

可惜聽在薄母耳中，卻相當不中聽。「妳還真是大言不慚。」

「嗯，是有點太自我感覺良好，不過要是連這點自信都沒有，又該怎麼生存下去，何況臉皮厚一點，可以擋一下刀槍，也是必要的。」她可是有經過磨練，不會那麼容易受傷的。

「妳……到底在說些什麼？」薄母瞪著面前的雙月，活像她頭上長出了兩隻角，原本就覺得這個賤丫頭跟其他人不太一樣，這下更感到怪異。

就在這當口，彩荷已經奉上了茶水。

「謝謝。」雙月順口說道。

彩荷有些受寵若驚。「這是奴婢該做的。」

「就算身分確實如此，並不代表就得被人貶低，該得到的尊重還是要有。」她說得理所當然，因為這是從小到大所受的教育，講求的就是人權，不過這些古人卻是聽得一頭霧水。

薄母目光不善地瞪著雙月。「妳的目的是什麼？該不會想要拉攏她們，好把我孤立起來？」

聽到這番話，雙月不禁失笑，很想回一句「這不就是妳擅長的手段嗎？」，可是她並沒有真的說出口，還是幫對方留點面子。

「婆婆多心了，媳婦兒不敢。」她並不想到撕破臉的地步。

「我看妳倒是什麼都敢。」薄母氣呼呼地說。

雙月態度恭順地說：「是，我會好好檢討，往後更要以婆婆為榜樣，多多學習，好好地效法。」

「哼！說得還真是好聽。」這話擺明了就是在諷刺自己。

「媳婦兒可是很認真地想跟婆婆多學學……」話才講到一半，雙月便動作優雅地端起茶碗，右手的尾指還往上翹起，接著掀開碗蓋。

看著雙月喝茶的動作，薄母愈來愈覺得眼熟。

接著，雙月傲慢地昂起下巴，連譏嘲的口吻都有七、八分像。「別以為嫁進門來了，就自以為是主子，府裡的事最好少插手。」

之前忘了提，她不只會拿漫畫內容來當故事說，還會COSPLAY，每年的漫博展或類似活動一定會參加，可惜髮型和衣服來不及準備，但是其他方面絕對可以模仿得維妙維肖。

薄母瞪大眼珠，嘴巴顫抖著。

而身邊的一干婢女全都看出雙月是在扮演誰，也只敢摀嘴偷笑。

「……哼！好好記住自己的身分。」雙月啜了口茶湯，然後擱在几上，一面這麼說著，還一面把玩戴在手上的黃金戒指。

這種小動作，當事人可能從來沒有察覺到，不過雙月可是仔細觀察過好幾次，確定那是一種習慣。

「妳……妳……」薄母臉色鐵青，全身發抖，已經氣到抓狂了。「給我滾！馬上給我滾出去！」

雙月溫順地起身，然後又行了個禮，這才轉身離開。

「啊……」屋裡傳來怒吼。

剛剛會不會表演得太過分了？雙月不禁自我反省地忖道。

不過就算她願意委曲求全，也無法改變現狀，那麼只有讓對方真正見識到自己的強大，光是用那些手段和伎倆是無法打敗自己的。

她也只是希望婆媳倆能夠坐下來商量，找出適合彼此的相處之道，不要每次都搞得劍拔弩張。

不過也要婆婆想通才行。

酉時剛過，薄子淮才回到府中。

見到他平安無事地進門，雙月還是把人從頭到腳巡了一遍。

他低笑一聲。「在看什麼？」

「當然是看有沒有少塊肉了。」她接過遞來的暖帽，半開玩笑地說。

薄子淮不禁笑覷著她。「今天府裡沒事吧？」

「就算天大的事，也比不上你的性命來得重要。」雙月為他寬衣，口氣輕鬆地回著：「只不過待會兒要是有人向你告狀，等把事情的來龍去脈聽完再下評語。」

他當然聽得懂雙月的話中有話。

「額娘那兒我會應付的。」薄子淮不是猜不到自己不在府裡，可能會發生什麼事，一切都在預料之中。

雙月將脫下的補服搭在衣架上，再伺候他穿上藍色長袍，然後不發一語地抱住薄子淮，情緒不知怎麼又盪下來。

「怎麼了？是因為在額娘那兒受氣了嗎？」薄子淮見她心情低落，於是摟著她，柔聲地詢問。

「我很想你。」她的臉蛋還埋在薄子淮胸口，聲音有些悶悶的。

聞言，薄子淮俊臉上的線條更溫柔了。「咱們不過分開幾個時辰……」話雖是這麼回，心口還是熱了起來。

「我想……我是得了一種病。」雙月悶悶地說。

薄子淮皺起眉頭。「妳病了？我現在就命人去找大夫過來。」

「這種病連大夫也治不好。」她嘆氣地說。

他輕輕捧起雙月的臉蛋，焦急地問：「是什麼病這麼嚴重？」

「……我得的是一種沒見到你就會窒息的病。」雖然曾在自己的作品中，讓男主角說過這句臺詞，不過雙月直到此刻才領略到什麼叫分分秒秒都是煎熬，好像被人掐住喉嚨，快要無法呼吸了，這麼愛一個人真是既痛苦又快樂。

等了好一會兒，見薄子淮都沒有吭聲，她先是好奇地仰起臉蛋，然後唇瓣不禁顫抖，拚命地想忍住在喉間滾動的笑意。

「你的臉……噗……怎麼紅成這個樣子？」雙月憋不住地笑出聲來。

被雙月這麼取笑，薄子淮輕咳兩聲，還是阻止不了潮紅蔓延。

原以為應該已經慢慢習慣他的妻子來自於未來，言行舉止跟這個朝代的女人截然不同，可是如此毫不含蓄地表達情意的用詞，還是令他有些不知所措，臉上的熱度愈升愈高。

雙月笑到肩頭抖動，不能自已。

而面紅耳赤的男人自然不會甘於當被動的那一方，任由取笑了，於是直接覆上她的小嘴，蓋住唇角的笑弧。

她也很配合，抬起雙臂攀住男人的頸項，熱情地回吻。

這個吻稍稍撫平了雙月忐忑不安了一天的情緒。

不會有事的……不會有事的……

「……我不會有事的。」彷彿聽見了雙月的心聲，薄子淮貼著她的唇瓣，似安撫、似承諾地說。

「那是當然了……」雙月提高嗓門，也像在讓自己保持鎮定。

薄子淮何嘗捨得讓她每天擔驚受怕的，想要對雙月更好，想要將所有的一切都給她，包括自己的心和性命，甚至願意為她做任何犧牲。

這種心情還是頭一遭。

「我愛妳。」除了這三個字，實在無法表達此刻的心境。

對雙月來說，在未來的世界裡頭，這三個字人人會說，也被許多人掛在嘴邊，可是親耳聽見面前的男人說出口，卻是意義非凡。

應該說殺傷力十足。

「我還以為古代男人不說什麼愛不愛的……」她感動得想哭又想笑。

「這叫禮尚往來。」薄子淮難得風趣地回道。

雙月梗笑一聲。「我收下了……」

「妳要記住一件事，無論發生任何變故，妳永遠都是我最愛的女人……」他發自肺腑地說。

「你真的被我『同化』了，還以為連情話都會說得文謅謅的……」雙月有些得意地笑了。

「不過我喜歡你現在這個樣子，比較有人味。」

薄子淮低沈地笑了幾聲。「意思是說以前的我沒有人味？」

「以前就像冰山裡頭包著一團火燄，我可是敲了好久，才把那些冰塊敲掉，讓火燄的熱氣冒出來……」她自認形容得很貼切。

雖然無法想像冰山是何模樣，薄子淮還是很窩心，因為是她，才讓自己不再封閉喜怒哀樂，能夠活得更自在。

彷彿被囚禁在體內的另一個自己，從此獲得了自由。

兩人親暱地耳鬢廝磨。

「妳說我該如何回報呢？」他動情地問。

雙月看著他半晌，眼底飽含笑意。「不需要回報，只要愛我就夠了……」一直以來，她是多麼渴望能夠被愛，那是任何物質無法替代的。

「好……」薄子淮喉頭一哽。

自己又怎麼可能會不愛這個女人？愛上雙月，是多麼的自然，在不知不覺中就陷了進去。

「我不只愛妳，甚至願意為妳死……」他正色地說。

她板起小臉，要薄子淮面對自己。「我才不要你為我死……如果將來我比你早走一步，你要活得比我在的時候還要好，這樣我才不會擔心，知不知道？」

「好……妳說什麼都好……」就因為雙月從來不向自己要求或索討什麼，才讓薄子淮更想為她付出。

薄子淮滿腔的愛意翻湧，那是言語無法表達完整的，那麼只好加入行動，讓雙月知曉他有多愛她。

於是，他急切地、飢渴地吻著雙月臉上的每一寸，就是希望她能感受到自己有多需要她，不能沒有她。

他無法想像沒有雙月的日子，要如何度過，甚至不敢去設想那種狀況，天崩地裂也難以形容其萬分之一。

雙月似乎能夠體會到他此刻澎湃、狂熱的心情，她知道這個男人其實是很熱情的，就像團紅色的火燄，只是生長的環境逼迫他得用漠然冷淡來面對。

她很驕傲，因為是自己點燃了這團火燄。

「我們要一直一直在一起，不要再分開了……」分離一次已經夠了。

薄子淮褪去彼此的衣物之後，便將柔軟的嬌軀覆在身下，渴望著立刻、馬上進入她，與她合而為一。

「好……」只不過簡簡單單的一個字，卻是用盡所有的感情說出來的。

為了證明，他強而有力的進入那片溫暖緊窒中，讓雙月不禁逸出一聲吟哦，可是沒有退縮，反而主動迎上前去。

「就這麼說定了……」雙月抱緊他的背部，指甲也扎進皮膚內。

他深深地嵌入濕暖的深處，那兒將會孕育著薄家的後代，兩人的親生骨肉，企盼將來有一天，能親手迎接孩子的到來。

在高潮的餘韻之下，雙月開始有些昏昏欲睡，只記得好像得做一件事，不過腦袋開始混沌不清，一時之間想不起來。

「睏的話就睡吧。」想到她在府裡，得要隨時應付額娘的刻意刁難，薄子淮很清楚相當耗費精力，便將雙月攬在懷中，希望她多休息。

雙月嘴裡低喃道：「我睡一下就好……」

「睡吧。」大掌輕拍地說。

她一下子就沈入夢鄉。

「只要有我在，一定會保護妳的。」薄子淮對她，也對自己允諾。

薄子淮才要準備出門，就聽到婢女來報，說老夫人身子微恙的消息，自然立刻命人去請大夫。

翌日一早——

「我們快去看她吧。」雙月不假思索地往外走。

他也跟上腳步，一同前往西邊的院落。

當夫婦倆來到寢房外，前來應門的碧玉福身行了個禮，便讓他們進去。

「聽說額娘身子不舒服？」薄子淮來到榻旁問候。

倚在床頭的薄母一手支著額頭，虛弱地喃著。「還不是被你那個媳婦兒給氣的，昨晚根本無法合眼……這會兒頭疼得很……」

雙月忍住往上翻白眼的動作，光聽這番話就知道是在裝病，這種八點檔的老梗，原來從清朝就開始用了，不過又不能挑明的說。

「大夫馬上就來，請額娘先躺下來歇息。」他不是不擔心，但也心知肚明，這不過是額娘慣用的招式之一，就是為了逼自己就範。

「有個專跟我作對的媳婦兒，額娘以後的頭會更疼……」薄母一副病懨懨的樣子，可是說的話全都帶刺。「真不曉得是什麼樣的雙親養出來的女兒，不只目無尊長，而且行為粗鄙。」

這下子雙月也被惹毛了。

不過她又想到萬一挑這節骨眼頂嘴，等於火上加油，雙月腦中出現好幾個畫面，那就是婆婆捧著心肝，滿臉哀怨，然後呼天喊地，訴說媳婦兒有多不孝，存心要氣死她等等，八點檔連續劇不都是這麼演的？

所謂忍一時氣風平浪靜、退一步海闊天空，雙月把話又嚥了回去，可不想讓婆婆逮到機會發揮演技。

「額娘這話說得太重了。」薄子淮按捺住怒氣，淡淡地制止。

薄母冷哼一聲。「把兒子養到這麼大，這會兒有了媳婦兒就忘了生他的額娘，只能怪自己命不好了。」

「孩兒不敢。」他也只能這麼回。

她見雙月靜靜地站在後頭，兩手交疊在身邊，像個等著挨罵的小媳婦兒，心裡更是一肚子氣。

哼！這該死的賤丫頭在子淮面前，乖得像什麼似的，還真是會裝，她在心裡咬牙切齒地思忖。

「額娘還是先躺下來睡會兒……」薄子淮用眼神示意在一旁伺候的婢女。「養足了精神，頭自然不疼了。」

「我看是很難了……」在婢女的攙扶下，薄母唉聲嘆氣地躺平。

等了老半天，還在和周公下棋的大夫終於被匆匆地請到府裡了。

薄母不斷地發出微弱的呻吟，似乎真的很嚴重。

看到這一幕，雙月實在很無奈，心想為什麼每個當婆婆的都愛來這一套？這樣就能把她趕出門去嗎？

當媳婦兒的在這個時候又該怎麼做呢？雙月在心裡這麼思忖。

薄子淮俊臉凝肅地詢問：「大夫，怎麼樣了？」

「回大人，老夫人不過是一些陰虛火旺的老毛病，經常煮些桂圓蓮子湯來吃，把心情放寬些就沒事了。」大夫起身這麼回道。

「什麼老毛病？」薄母大聲地反駁。「我這回的病可是跟以前不一樣，就算吃再多的桂圓蓮子湯也沒用，因為有人就是存心把我氣到一命歸西不可。」

雙月當然聽得出她意有所指，腦子飛快地轉動，想要找出個對策。

「額娘想太多了，沒有人會這麼做的。」薄子淮淡淡地駁斥。

「你還替她說話！」兒子的有心維護更讓她怒火中燒。

「額娘心裡明白並非如此。」因為是母子，所以他的話還是有所保留，沒有直接戳破她是刻意扭曲事實。

薄母不禁大為光火。

「大夫，可否開些寧心安神的藥方子，讓我額娘在夜裡能睡個好覺。」薄子淮也很清楚再繼續爭論這個話題是不會有結果的。

大夫拱手從命。「當然可以，小的這就開藥方子。」

見兒子不再像過去那樣，默默地站在面前任由她教訓，還會頂嘴，更不把自己的話當作一回事，肯定是有人在背後教唆指使。

心裡才這麼想，薄母已經惡狠狠地瞪向雙月。

雙月不經意地對上她的目光，見婆婆把自己當作搶走兒子的仇人，一副除之而後快的眼神，看來是恨死她了。

唉！其實婆婆該慶幸自己不是八點檔連續劇裡常演的壞媳婦，要不然早就虐待到讓她叫天天不應、叫地地不靈，哪敢用這種眼光瞪人。

待大夫開了藥方子，薄子淮便讓奴才出門抓藥。

「小的先告辭了。」說完，大夫便離去了。

薄子淮又交代伺候額娘的婢女，要她去吩咐廚房天天煮桂圓蓮子湯，不過對薄母來說，這些關心並非孝順，她要的是兒子照著自己的意思去做。

「你還有沒有把我這個額娘放在眼裡？」她不滿地質問。

換做以前，面對同樣的話語，薄子淮只能將沈重的無力感壓抑在心底，勉強回應，只為了讓額娘不再生氣，從未想過去嘗試其他的方式。

「那麼額娘希望孩兒怎麼做呢？休妻就真的代表孝順嗎？」他可不認為額娘會就此滿足。「若額娘無法接受雙月，不滿意這個媳婦兒，那麼大可各過各的日子，彼此也能相安無事，不需要天天為一些小事而爭執，讓額娘氣壞了身子。」

薄母不敢相信自己的耳朵所聽到的。「她既然嫁進門了，就該盡到一個做媳婦兒的本分，早晚要請安服侍。」

「額娘並沒有把她當作媳婦兒，這又該怎麼說？若只是因為她不是額娘親自挑選的，所以百般刁難，那麼請安服侍就免了……」薄子淮口氣漸趨強硬。「額娘身邊有這麼多婢女伺候，不差她一個。」

「說到底，你還是站在她那一邊。」她的呼吸因憤怒而顯得有些急促。

「孩兒不會袒護任何人，只是有些話擱在心裡二十多年，始終不說，只是不想傷了母子和氣。」他一臉沈痛。「從小到大，看著阿瑪的隱忍退讓，看著他夜裡獨自喝著悶酒，就為了一家和樂，才不想跟額娘計較，可是孩兒認為他錯了，他應該把心裡的話說出來，而不是把自己憋出病來。」

像是再也無法忍受額娘的蠻橫霸道、毫不講理，鬱積的氣血在薄子淮胸腔內翻湧，實在不吐不快。

「你、你的意思是你阿瑪之所以會病倒，全是我害的？」薄母露出一抹心虛的表情，不過嘴巴上還是得理不饒人。「把話給我說清楚……」

有哪個女人想當寡婦，還希望相公早點死的，兒子的指控讓她為之氣結，可是又想到相公最後吐著血，兩眼瞪著自己，然後嚥下最後一口氣，多少有些作賊心虛，不過她可不會承認自己有做錯什麼。

見額娘依舊嘴硬，堅持不肯認錯、也不反省，薄子淮耳畔彷彿又響起阿瑪臥病在床時所說的話。

「阿瑪這輩子最後悔的事就是娶了你額娘……」

這句話同樣深深地傷害了他，恐怕連阿瑪自己也沒有預料到。

他們是自己的雙親，卻是彼此憎恨、不滿，讓做兒子的他情何以堪。

「你說話啊！」薄母虛張聲勢地咆哮。

當薄子淮張口欲言，手腕冷不防地被人握住了。

「相公，婆婆身子不舒服，先讓她好好睡一覺再說。」雙月看得出冰山已經變成火山，就要爆發了，趕緊出面打圓場。

「咱們母子在說話，妳插什麼嘴？」薄母把怒氣全發洩在雙月頭上。

聞言，薄子淮俊臉一冷。「她是我的妻子，自然有資格說話……額娘就先歇著，等湯藥煎好了，還請趁熱服下，孩兒晚上再過來。」

說完，他便大步地往外走了。

雙月睇著盛怒中的婆婆，又看了下拂袖離去的相公，現在夾在中間的人倒換成是她了。

第六章　約定

回到寢房，雙月就見到背對著門口，坐在桌案旁生悶氣的男人，於是整個人趴在薄子淮的背上，再由後頭抱住他。

她沒有說半句話，只是用行動來表達支持。

薄子淮因為這個奇特的動作，身軀本能地一僵，可是又不覺得太過突兀，反倒有種格外的親密感。

過了片刻，雙月曲起指節，敲了敲他的腦袋。「叩、叩，有人在嗎？」

他嘴角微微上揚半寸。「沒有人在。」

「那要什麼時候才有人在？」難得這個男人也有幽默感，讓她眼底的笑意更深。「我有話要跟他說。」

原本有些僵硬的坐姿，被雙月這麼一鬧，慢慢軟化了，俊臉上冷硬的線條也有融化的跡象。

「想跟我說什麼？」薄子淮怒氣漸褪，只剩下沈重的哀傷。

「不要生氣，這樣會很快老的，我可不想被人家說我們是老夫配嫩妻。」雙月繼續逗他開心。

「老夫配嫩妻？這又是什麼意思？」他失笑地問。

「就是明明七老八十的男人，卻要娶一個年紀可以當自己的女兒或孫女的女人為妻，所以未來的人就說這是老夫配嫩妻……」雙月嬌哼一聲，相當不以為然。「不過我一點都不喜歡用『嫩』這個字，把女人說得很無知幼稚，好像只有青春的肉體，卻不長腦袋。」

聽到「青春的肉體」這個形容詞，薄子淮已經笑到快岔了氣，連腰都直不起來，還以為已經見識過未來的人說話有多與眾不同，想不到還有更誇張的，甚至是毫無禁忌。

「笑出來多好，別把氣悶在心裡。」見他笑了，雙月也開心。

薄子淮將她拉到面前，坐在自己的大腿上。

「我已經沒事了。」有再大的氣也消了。

她一臉遺憾地笑了笑。「原本想要說個故事來讓你消消氣，可惜我喜歡的那些漫畫，沒有一部是符合此刻的心情，也沒有教人怎麼當兒子，還有媳婦兒的，所以只好靠自己摸索。」

所謂的夫妻就是當一個人衝動時，另一個人就要負責踩煞車，一個人生氣時，另一個人就要負責逗他笑，雙月慢慢抓到竅門了。

兩人就這麼相互依偎著，便足以抵擋各種風風雨雨。

「今晚我會去婆婆那兒。」雙月作出了決定。

「妳可以不必……」薄子淮不想讓她受委屈，因此並不贊同。

「你先聽我說完。」她打斷後面的話。「之前因為是婢女，就連婆婆身邊的彩荷都能夠對我動手，可是現在的身分不一樣了，雖然不能說是一人之下，數十人之上，但好歹也是個主子，也就沒什麼好怕的。」

「可是……」他還是不太放心。

「我會見機行事的，要是看苗頭不對，會趕快跑。」雙月還是很堅持。「就算無法改變她的心態和做法，我也不想逃避責任，總要各種方法都試試看。」

「不要太勉強。」薄子淮被她的意志力給打敗了。

「好。」見他應允，雙月才笑了。

「妳打算怎麼做？」他問。

她一臉笑吟吟地說：「我還在想，反正還有好幾個時辰可以慢慢考慮……你也快點去上班吧。」

雙月催促他出門之後，一個人在寢房內踱著步子。

之前她總是努力希望婆婆能坐下來，婆媳倆好好溝通，更能夠接受自己，態度上雖稱不上不敬，但也毫不退讓，可是這麼一來，等於是硬碰硬，也得不到任何好處，更解決不了問題。

走在一條道路上，突然發現面前有阻礙，甚至有個大窟窿，無法再往前進，若是硬闖，只會傷得體無完膚，那麼應該怎麼做呢？只好選擇退後幾步，找找看有沒有別的岔路可走。

以退為進並不是讓步或妥協。

因為人生並不是只有一條路可以走，有時轉個彎，又是不同的風景，雙月常在網路上看到類似的話，當時覺得很有感觸，便記在心裡。

更何況要婆婆在短時間內改變對自己的觀感，也是不可能的事，每天光想著怎麼應付她所出的那些難題，豈不是什麼都不必做了？雙月不想把美好的生命浪費在婆媳之爭上頭，她要的是如何讓薄家長長久久的延續到未來。

看來只有這麼辦了。

雙月想出了一個計劃，接下來就看怎麼說服婆婆答允。

於是，從白天等到了夜晚，因為薄子淮有派人來說會晚一點才回府，要她別擔心，所以雙月獨自用過晚膳，而且還連吃了三碗白飯，這可把小惜嚇了一大跳，還擔心會因此鬧肚子。

「我去婆婆那兒，不確定會待多久，妳就不用在這兒伺候，先去歇著吧。」雙月用手撫平襦裙上的縐褶說。

小惜面有難色地問：「真的不需要奴婢跟著過去？」

「不用了，我一個人沒問題。」她揮了揮手笑說。

「是。」小惜也只好照做。

待雙月一切準備就緒，便前往探望婆婆。

因為天色已經暗了，她提著燈籠，走進婆婆居住的院落。

「夫人？」見到雙月到來，碧玉有些驚訝，以為經過白天的爭執，應該是能避就避，不會主動前來探視。

雙月先看了緊閉的門扉一眼。「婆婆睡了嗎？」

「剛喝過藥，才躺下歇息。」她說。

「我進去看看她。」說著，雙月便作勢要推門進屋。

碧玉有些為難地喚住她。「夫人，奴婢以為還是不要進去的好。」要是老夫人又氣得暴跳如雷，她們這些婢女可就成為出氣的對象。

「不用擔心，有事我會負責的。」既然無法平心靜氣地坐下來商量，那麼只好用談判的方式了。

「可、可是……」碧玉不知如何是好。

見狀，雙月安撫地拍了拍她的肩頭。「沒事的，放輕鬆一點……」說完，便推開門扉進去了。

寢房內還點了燭火，看來只是小憩一下，還沒打算睡覺。

雙月來到榻前，考慮了片刻，便俯下上半身，想先確定婆婆有沒有睡著。

而閉眼假寐的薄母先是聽到有人進房，以為是貼身婢女，起初還不以為意，不過漸漸地感覺到有兩道視線正盯著自己，不禁狐疑地掀開眼簾。

「啊！」待她赫然見到眼前放大的臉蛋，心臟差點從喉嚨蹦出來。「妳……是存心想嚇死我是不是？」

雙月直起身子，笑吟吟地回道：「我只是想確認婆婆是不是睡著了。」

薄母馬上坐起身來，瞪著她看。「我看妳分明是故意的！」

「不管是不是故意的，都無關緊要……」她搬來一只凳子，然後擺在床榻旁，接著坐了下來，讓薄母瞪凸了眼。

「我不想看到妳，現在就給我滾出去！」薄母認定一定是上天派她來跟自己作對的。

雙月好整以暇地坐在原位。「把事情說完，我自然會走。」

「哼！我跟妳還有什麼好談的？」要說的不外乎是承認她這個媳婦兒，那就等下輩子吧。

「婆婆是無論如何都不肯接受我是不是？」雙月苦笑地問。

「這輩子都別作夢！」她回得斬釘截鐵。

「既然婆婆這麼堅持己見，而我也實在想不出還能做些什麼，好改變現狀，不如……」雙月定定地看著她。「我們來談個條件吧。」

「什麼條件？」薄母一臉懷疑。

「給我兩年的時間，兩年之後，我會主動離開，消失在婆婆面前，也永遠不會再回到薄家來。」雙月一步一步引她上鈎。

「兩年？為什麼要等兩年？」薄母懷疑其中有詐。

雙月早就想好說辭了。「畢竟這樁婚事牽扯到了八阿哥，還有我的養父母，要是才進門不久就被休了，婆婆要怎麼跟他們交代？難道要坦白的跟他們說妳不滿意我這個媳婦兒？」

這番話讓薄母怔了怔，之前在氣頭上，只要看到她就一把火上來，沒有考慮這麼仔細。

「想來想去，兩年剛剛好，不多也不少，到時婆婆可以說我善妒、不孝，或是無法生育來當理由，他們也無話可說。」她佯嘆地說。

薄母心想這倒也算合情合理，要不然親家一狀告到八阿哥那兒，追問下來，又該如何自圓其說？

如果這賤丫頭真的願意自動離開，而不是被她趕走，子淮也無話可說，想到這兒，她有些動搖了。

見婆婆臉色緩和下來，似乎被說動了，雙月也就再接再厲。

「只不過我有一個條件，只要婆婆答應，我也會遵守約定，兩年後的今天，會自動離開薄家。」這是一招險棋，也只能試試看了。

「還有什麼條件？」薄母口氣稍霽。

雙月微微一笑。「我希望在這兩年當中，婆婆能把我當作親生女兒一樣疼愛，而我也會把婆婆當作親生額娘來關心。」

「妳說什麼？」薄母一臉不可思議。「這怎麼可能？」

「所以就要看婆婆能不能配合了，只要兩年，時間一到，婆婆不用再忍受我這個身分卑微的媳婦兒，也可以要相公再娶個門當戶對的官家小姐來當正室，可是一舉兩得。」她開出的條件應該很誘人才對。

薄母瞪著她看，想確定雙月是不是在誆自己。「只要把妳當作女兒一樣疼愛，兩年後，妳真的會離開？」

「婆婆要我寫下字據，在上面簽名蓋章也沒問題。」雙月回答得不疾不徐。「只不過這件事除了婆婆和我之外，連姑母也不能說，免得一個不注意傳到相公耳中，一定會阻止到底，到時害你們母子不和，我也會過意不去。」

「妳是說真的？」薄母還是不太相信她會自動求去，像雙月這種低下的身分，好不容易嫁進他們薄家，豈會捨得離開。

雙月揚高嘴角。「我可以對上帝……對天發誓，一定會遵守今天的承諾，除非到時是婆婆捨不得讓我走，要我留下來，那就不算違背約定。」

「那是絕對不可能的！」薄母冷笑地說。

「既然這樣，婆婆還有什麼好擔心的呢？」雙月笑得非常誠懇。「還是婆婆希望下半輩子都跟我這個媳婦兒爭風吃醋？要知道相公的心現在可都在我身上，就算婆婆想要破壞，只會讓相公對婆婆更為不滿，說不定哪天要我跟他搬出去外面住，那我也沒辦法了。」

薄母惱怒地哼了哼。「妳這是在威脅我？」

「不是威脅，而是事實，婆婆已經看得很清楚了不是嗎？」雙月一下子便點出重點。

她不得不承認雙月所言不假，確認地問道：「只要兩年？」

「對，在這兩年中，婆婆要把我當親生女兒一樣疼愛，我也會把婆婆當額娘關心，時間到了，就會自動離開。」雙月孤注一擲地說。

雙月只是在賭，也許時日久了，會不小心弄假成真，婆婆能漸漸瞭解自己的為人，進而喜歡她。

聽完，薄母不得不認真思考這個可能性。

只不過兩年，其實過得很快。

「萬一子淮不讓妳走呢？」想到兒子的反應，肯定不會輕易放人。

雙月垂眸澀笑。「我會讓他找不到我的。」如果這個辦法最後還是行不通，真的走到那一步，表示她還是輸了，只好選擇放棄。

「我要妳立下字據，免得將來反悔。」薄母冷冷地說。

「沒問題。」於是雙月出去命人準備文房四寶。

過了一會兒，碧玉將文房四寶送進寢房，見屋內的氣氛還算平和，看不到火爆場面，老夫人也是神色如常，不禁大為困惑。

待碧玉關上房門離開，雙月便坐下來磨墨，想到好久沒寫毛筆字了，也顧不得字體好不好看，只要看得懂就好。

「我在此立誓……」她一面唸著，一面寫出來。「除非婆婆開口挽留，不讓我離開，那就不算違背約定……」

她也聰明到懂得留下後路，沒有把話說死了。

最後，雙月簽下大名，然後再蓋上手印，才算完成。

「我寫好了。」她將墨汁吹乾，然後遞給婆婆。

「妳真的會遵守約定？」薄母接過了字據，想到自己大字認不得幾個，雙月卻識得字，還會書寫，不禁有些疑惑。

「有這張字據作證，就算到時我不肯離開，婆婆也有權力把我趕出薄家大門，即使是相公，也不得不承認它具有法律效力。」雙月還有這點知識。

「法律效力？」

「意思就是說婆婆拿它去告官，也會打贏官司的。」她簡單地說明。

看著手上的字據，薄母勉為其難地頷首。「好吧，就這麼辦了。」又不能拿去問人，確定上頭寫的跟她說的一模一樣，就姑且相信一次。

雙月還是又叮囑一次。「姑母那邊千萬別讓她知道了，婆婆也該明白她的性子，我也不便批評，只不過到時功虧一簣，可不是我的錯。」

「我不說就是了。」薄母撇了撇嘴回道。

她眼底掠過一道戲謔的光芒。「那麼要從現在開始，還是明天？」

「呃，從明天開始好了。」要她馬上把雙月當作女兒看待，恐怕還無法辦到，也演不出來。

「婆婆沒問題吧？」雙月佯裝出一副不信任的表情問。

薄母哼了一聲。「當然沒問題了。」

「要是讓身邊的那些婢女發覺婆婆只是假裝把我當作女兒，在私底下閒言閒語的，難保相公不會疑心，到時問起了……」

「我自會注意的。」薄母不耐煩地回道。

「那就好，希望婆婆睡個好覺，媳婦兒就先回去了，明天一早再來請安。」雙月不由得在心裡偷笑。

「嗯。」她還是不改高傲的姿態。

待雙月步出寢房，用力地呼出一口氣，儘管不確定這一招是否會成功，只要用最真誠的態度來對待婆婆，即便失敗了，還是不被接受，也能無愧於心。

夜晚過去了。

「……我陪妳去跟額娘請安吧。」

因為經常天還沒亮就出門，因此薄子淮不需天天早上過去請安，可是在經過昨日之後，可以想見額娘會用怨恨的表情面對雙月，所以才這麼做。

雙月當然明白他的憂心。「晚一點去上班也沒關係嗎？」

「無妨。」他說。

她頷了下首，只希望婆婆不會出爾反爾，突然不願意配合了。「明天就是你的生辰，只要平安度過這一關，應該就不用擔心了。」

「妳夜裡也能睡得好了。」薄子淮一語道破她裝睡的假象。

聞言，雙月噴笑一聲。「原來你都知道。」

「咱們可是夫妻。」他理所當然地說。

短短一句話已經說明一切。

就因為是夫妻，自然關心對方的一舉一動。

「明天想怎麼慶祝？要宴客嗎？」雙月心想她的老公好歹是個大官，說不定會有很多人到家裡祝壽，不禁開始煩惱要如何當個稱職的女主人，還有招呼客人，以前都沒學過有關這方面的禮數和規矩。

薄子淮一面吃著早膳，一面回道：「我向來不時興那一套，只要家人一起吃頓飯就夠了。」就因為下頭的部屬官員總想趁這機會送禮孝敬，乘機逢迎巴結，所以從不設宴請客。

「那我去跟廚子商量，煮一些你平常愛吃的菜。」她對這個回答一點都不覺得意外。

「好。」他神情更為柔和。

「喝湯。」雙月親手舀了碗給他。

「妳也吃。」薄子淮也挾了口菜放進她的碗中。

她馬上端起碗，扒了一大口。

兩人不由得相視而笑。

即便不是豐盛昂貴的菜色，可是吃起來卻特別有味道，因為陪在身邊的是最重要的那個人，足以勝過任何山珍海味。

過了將近半個時辰，心想額娘應該睡醒了，薄子淮才偕同雙月前往請安。

走進院落，穿過春意盎然的庭院，讓雙月不禁想起，去年的這個時候，她才剛來到清朝，那份慌亂失措的心情，似乎已經是很遙遠的事了。

相隔不過一年，她的際遇卻有了巨大的轉變，人生果真是奇妙。

雙月抬頭望著天空，如今站在下方，有著腳踏實地的真實感，不再像是作夢，因為這兒已經是她的家了。

「老夫人醒了嗎？」

她聽到身邊的相公這麼問，馬上把心思拉了回來。

「已經起來好一會兒，正準備用膳。」紫鴛說。

薄子淮偏頭看著身畔的妻子，俊臉一整，似乎也在小心戒備著，萬一額娘把昨日母子倆的爭吵怪罪在她頭上，又該如何應對。

「咱們進去吧。」他深吸了口氣說。

「是，相公。」雙月還是小小的緊張一下。

待兩人跨進屋內，正坐在座椅上喝茶的薄母覷了雙月一眼，表情閃過一絲不自在，似乎還沒有完全準備好。

「給額娘請安。」薄子淮拱手說道。

雙月也上前見禮。「婆婆昨晚睡得好嗎?頭疼的毛病可有好些了?」

「呃、嗯，已經好多了。」薄母險些咬到舌頭。

「那媳婦兒就放心了。」她見婆婆確實努力在配合，口氣也比之前和緩許多，不禁吁了口氣。

薄母多少還是有些彆扭，可是為了兩年的約定，到時就能把這賤丫頭趕出薄家大門，只好忍耐了。

「其實不過是老毛病，沒什麼大礙。」只要把她當作婉鈺，就像自己的親生女兒，演起來不至於太難。

「就算是小病，還是要早點治好。」雙月覷向婆婆身邊的貼身婢女，殷切地囑咐。「碧玉，湯藥要記得煎給老夫人喝下，可別疏忽了，若覺得太苦，吞嚥不下，可以配塊梅餅。」

婢女怔了一下，這才反應過來。「奴婢記住了。」

「咳，子淮……用過早膳了？」薄母期期艾艾地問。

這句話自然是問當妻子的雙月了。

「……還沒有，相公說想先過來跟婆婆請安。」她在薄子淮大惑不解的目光下這麼回答。

「孩兒……」薄子淮正想說不用了，卻被雙月搶先一步。

她眨了一下眼暗示。「相公就跟婆婆一塊兒用吧。」

薄母輕咳一聲。「那就一起吃吧。」

「……」薄子淮覺得有些不太對勁。

「彩荷，再多準備一副碗筷……」說著，薄母唇角有些僵硬，似乎很勉為其難地開口詢問雙月。「妳也還沒吃吧？」

雙月一臉溫順地說：「媳婦兒不能與婆婆同桌吃飯，只要在旁邊伺候就好。」

「這、這兒也沒有外人在，就一塊兒吃吧。」於是，薄母讓婢女又添了兩副碗筷。「妳也坐下來吧。」

這突如其來的大轉變，可嚇到了不少人。

不只薄子淮錯愕，連在屋裡伺候的婢女們也都瞪大眼睛，有的還望向門外，以為天真的下紅雨了。

「謝謝婆婆。」雙月笑不離唇地說。

薄母挪動著腳步，來到案旁坐下，不斷地提醒自己，只要兩年，一下子就過去了，到時便能除去心頭大患。

見額娘動了筷子，薄子淮才端起碗來，不過還是用眼角餘光掠向妻子，想將事情弄個明白。

「相公，快幫婆婆挾菜。」雙月小聲地說。

薄子淮怔愣地瞪著她，在雙月用眼色頻頻暗示之下，只好照做了。

「額娘多吃一點。」他挾了一小塊魚肉放到額娘碗中。

「呃？嗯。」薄母有些恍惚地睇著白飯上頭的魚肉，這還是兒子頭一回為她挾菜，心裡湧起一股奇怪的感覺，卻分辨不出是什麼。

「吃魚對身體好，婆婆要多吃點。」雙月笑得異常燦爛。

「呃……嗯。」她可不是真的關心自己，而是裝出來的，薄母在心底提醒著，可別真的上當。

看著面前這對婆媳的互動，薄子淮臉上的疑惑更深。

「額娘，妳……怎麼了？身子哪兒不舒服嗎？」如果不是病了，不可能才過了一晚，對雙月的態度就都不一樣了，該不會又在策劃什麼陰謀。

薄母僵笑一下。「我沒什麼不舒服。」

「可是……」他想著應該怎麼措詞才好。「難得見到額娘對雙月說話這麼好生好氣的，令孩兒相當納悶。」

薄母嘴角抽搐，想要發火，不過瞥見雙月正盯著自己猛瞧，像是在提醒兩年約定的事，只得又吞回去。

「那是因為……昨天你說的那席話，額娘也想過了，對你阿瑪是有些虧欠，既然是夫妻，就不該老是氣他，最後還氣出病來。」薄母吶吶地說。

這番話聽在薄子淮的耳中，真的是百感交集，如果額娘能早一點想通，也懂得反省，那該有多好。

「額娘真的這麼想？」他問。

「當然了，所以……額娘才想要彌補，至少試著跟你這個媳婦兒好好相處。」希望這樣可以說得通。

薄子淮定定地看著額娘，還是有些懷疑這番話的可信度有多大。「額娘要真能這麼想，孩兒聽了也很高興。」

聞言，薄母呆愣了片刻，把他養到這麼大，每回面對自己，不是冷著臉孔，就是面無表情，甚至巴不得不要回到這個家，可從來不曾這麼和顏悅色過。

原來兒子也可以這麼跟她說話。

這一頓早膳，就在各懷心思的氣氛中度過了。

當他們離開之後，雙月走在他身畔，覷見薄子淮若有所思的側臉，似乎還不完全相信自己的額娘真的「改過自新」了。

「雖然額娘親口說她願意試著和妳好好相處，不過還是不要太大意了。」他並不相信一個人會在一夜之間改變想法，尤其是生下自己的額娘，這麼說或許不孝，卻是不爭的事實。

雙月沒有多說。「我會小心的。」

這不過是剛開始，慢慢來。

還不到傍晚，婆媳之間的關係有了轉機，這個消息已經傳遍府裡了。

唯一感到不高興的就數吳夫人了。

吳夫人先是不信，接著是氣急敗壞地質問跟隨多年，最信任的趙嬤嬤。「這怎麼可能呢？阿嫂真的這麼說？」

「她再反對也沒用，那賤婢都嫁進門來了，而且不但有八阿哥、滿都祜貝勒撐腰，也只好認了。」趙嬤嬤酸溜溜地說。

她霍地站起身。「我絕對不允許這種事發生……」要是阿嫂真的接受這個媳婦兒，往後那個賤婢在自己面前，不就更加神氣、更加囂張了，她這張臉要往哪裡擺？

趙嬤嬤也替主子抱屈，誰教她們只是寄人籬下，並不是這座府邸的主子。「可是咱們又能怎麼辦呢？」

「我要去問個清楚。」吳夫人氣呼呼地往外走。

於是，她臉色難看地來到薄母居住的院落，彩荷才端著空的藥碗出來，見到姑奶奶氣沖沖的過來，正想制止。

「老夫人說不想讓人進去打擾……」

「滾開！」正在氣頭上的吳夫人一把將人推開，彩荷沒有站穩，手上的空碗就這麼摔碎在地上。

待吳夫人闖進寢房內，讓半臥在榻上休憩的薄母不禁皺起了眉頭，見小姑來勢洶洶，似乎有話要說，只好掀被下榻。

她不悅地說道：「就算有急事，也讓婢女先進來通報一聲。」

「我一時心急就忘了……」吳夫人陪笑地說。

薄母穿上鞋，來到几旁坐下。「到底什麼事？」

「我聽說阿嫂……」吳夫人也在一旁坐下，半信半疑地問：「親口說出願意接受那個賤婢是自己的媳婦兒，這是真的嗎？」

「我只說願意和她相處看看，沒說馬上就接受。」薄母用手攏了攏頭髮，避重就輕地回道。

吳夫人假笑一下。「阿嫂，妳不是當真的吧？那賤婢豈有資格當薄家的媳婦兒，可別被她騙了。」

「我……」她試圖解釋原由，可是耳畔又響起雙月的叮嚀，絕對不能讓小姑知曉約定的事，否則可能會前功盡棄。「我只是想她都進門了，若是每天都要這麼勾心鬥角的，日子也難過，還不如暫時放下成見，相處看看合不合得來。」

「阿嫂，跟那種低賤的丫頭有什麼好相處的，這豈不是降低身分，她可也沒真的把妳放在眼底，以後一定會騎到妳頭上來，千萬別上當了。」吳夫人可是恨不得把雙月說得愈壞愈好。

薄母自己倒了杯茶來喝，接著嘆了口氣。「為了子淮，總要試試看，再怎麼說，見他開心，我這個額娘也高興。」

想到今天一早，難得母子倆同桌吃飯，這才想到已經多久沒有一塊兒用膳，也快想不起上回是什麼時候，心裡感觸莫名。

不過她可不會承認這是雙月的功勞！薄母在心裡低哼。

「阿嫂……」

「好了，這件事我自有主張，妳就別再說了。」只要兩年，忍一忍就過去了，薄母心裡這麼盤算著。

吳夫人還想要再煽動幾句，卻碰了一鼻子的灰，嫉妒、不甘、怨恨這些情緒不由得在她胸口內翻攪。

「既然阿嫂聽不進去，我也不便再多說下去，只希望這麼做是對的。」吳夫人嘴巴上說得好聽，內心想的卻正好相反。

自己什麼都沒有了，卻得住在這兒看她們婆媳倆一家和樂融融，可是比死還要痛苦，為什麼面前這個女人比她還要幸運，擁有的比她多？

上天真是太不公平了！

她得不到的，別人也休想得到！

第七章　期限

終於到了薄子淮二十八歲生辰這一天。

今天就是最後的期限，只要安然度過了，相信就能否極泰來，也改變了薄家絕後的命運。

「雙月……」見妻子將補服捧了過來，要伺候自己穿上，薄子淮苦笑一下。「我今天不用出門，所以穿便袍就可以了。」

聞言，雙月才回過神來，看著手上的補服。「對了，你今天不用去上班……」生辰這一天可以排假，明明昨天還記得的，怎麼今天就忘了？

待她把補服收進櫃中，拿了件青色長袍過來，途中還不小心撞到几角，差點絆了一跤。

「小心一點！」薄子淮連忙過去攙扶。

「我沒事……」雙月扯出一抹笑來。

見她故作無事狀，薄子淮也沒有再多說什麼，不過他可以看出雙月有多驚惶不安，因為今天是最後一天，也是關鍵時刻。

「好了……接下來去端洗臉水……不對！剛剛已經洗好了，那現在要做什麼？對了，還有早膳……」雙月一會兒要往外走，一會兒又走回來，連話都說得有些語無倫次的。「不過是不是該先去婆婆那裡……」

「不要慌張。」薄子淮索性將她摟進懷中。

「我很冷靜。」她沒有發覺自己的嗓音微抖。

「我不會有事的。」他口氣依舊沈穩。

「……」雙月如鯁在喉。

「妳的到來，已經改變了我和薄家的命運，只要相信這一點，絕對可以平安度過的。」薄子淮不捨地撫著她的髮說。

雙月用手背抹去快要奪眶而出的淚水，這個節骨眼更要堅強才行。「對不起，讓你擔心了，我不該這麼脆弱的。」

「我是妳的相公，我的肩膀永遠可以讓妳依賴，不需要逞強，妳已經不再是一個人了。」他希望一輩子成為她的靠山。

她伏在男性胸膛上，深深地吸了口氣，也從中得到了力量。

「好了，充電完畢……」雙月仰起一張笑臉，重新振作起來了。「我們去給婆婆請安，順便陪她吃早飯。」

薄子淮並沒有拒絕她的要求，只是不解。「請安就夠了，不必非得留下來陪額娘用膳不可。」

「剛開始也許不習慣，找不到話題聊，又很尷尬，不過天天都這麼做的話，久了也會變得很自然。」雙月並不認為這麼做就可以化解母子倆多年來的心結，可是又沒有深仇大恨，這點小事，總該可以做到。

他輕嘆一聲。「我明白妳的用心……」

「你們又不是仇人，從此老死不相往來，就當是陪長輩吃個飯，你總該辦得到吧？」她努力說服。

「妳真的不恨她嗎？」想到幾個月前，額娘逼雙月跳進湖中，企圖害死她，薄子淮至今仍無法釋懷。

雙月撇了撇唇角。「說恨太嚴重，不過氣倒是有，那個時候真的巴不得自己會沙加的『天舞寶輪』，可以在神不知鬼不覺的情況下，剝奪你額娘的聽覺、視覺和第六感，讓她再也沒辦法害我了。」

「那又是什麼？」薄子淮忍俊不禁地笑了。

她想到《聖鬥士星矢》這套漫畫裡頭引用了不少有關西洋星座的資料，要跟古人解釋太困難了。「有機會再說給你聽……總而言之，你是她的親生兒子，而她是你額娘，除非抽掉身上一半的血，否則你是無法撇清關係的。」要不是看在這一點，雙月根本不在乎對方會不會喜歡自己。

薄子淮沒有吭氣，算是默認雙月的話，母子血緣豈是用一句話就能抹去，所以才會這般痛苦。

「我也不要你當個聽話順從的好兒子，只是陪婆婆吃個飯，什麼話都不用說，吃完就離開。」雙月說得很簡單，不想給他壓力。

「就只是這樣？」薄子淮有些動搖了。

雙月看得出他不再那麼抗拒了。「沒錯，只要婆婆又提出太過分的要求，或是把話說得很難聽，我們馬上走人。」

「好。」薄子淮心想這也算盡了為人子的孝道。

「謝謝。」她踮起腳尖，親了下他的臉頰。

「是我該道謝才對。」他俊臉微紅，不過很喜歡雙月這些親暱的小舉動。

「為了什麼道謝？」

薄子淮將下巴抵著她的螓首，閉上眼皮，感嘆地說：「很多很多，一時之間也列舉不完……在遇到妳之前，總以為來到世上就只為了負起人子、人臣的責任，撇去這些，就只是活著。」

「這樣就已經很了不起了，不然你還想怎樣？」雙月忍不住給他吐槽。「跟你有同樣想法的人，一百個當中，就有九十個努力地活著，努力地養家，直到死亡那一刻來臨，就算完成此生的任務了……」

她停頓一下，先是神情肅穆，接著釋然一笑，那是在經過深刻的體會之後才能擁有的。「能夠活著，就已經很偉大了，因為我們不過是渺小的人類，不是神，會脆弱、會痛苦，甚至還會崩潰，可是比起那些因為過不了心裡那一關而選擇自殺，以為死了就一了百了的人，活著真的是件困難，卻很有意義的事。」

「夫人教訓得是。」他一副誠惶誠恐地說。

「這還用說。」雙月抬起下巴，很是得意。

兩人不約而同地笑出聲來了。

「去婆婆那兒吧。」雙月牽起他的大掌說。

「好。」他俊首微頷，同時也握緊她的。

執子之手、與子偕老，應該就是這般的感受，只要有這隻小手在自己掌中，那麼就能繼續往前行。

就這樣，他們前去跟薄母請安，並且一塊兒用了早膳。

雖然氣氛跟昨天差不多，還是有些僵硬不自然，可是雙月相信假以時日，當這一切成為日常生活的一部分，成為一種習慣，假的也會變成真的，一定可以改善不論是母子，還是婆媳關係。

接下來，到了當天晚上，雙月命奴才在內廳擺了一桌宴席，還親自去邀請吳夫人赴宴，因為她是長輩，還是相公的姑母，也是家人，衝著這一點，就先把恩怨擺一邊，禮數放中間。

「姑母請坐。」薄子淮起身招呼。

吳夫人一臉皮笑肉不笑。「今天是子淮的生辰，我這個當姑母的自然要說幾句好話了，希望你能早點讓你額娘抱孫子。」

「多謝姑母……」他執起酒杯。「我先敬姑母一杯！」

雙月在旁邊跟著敬酒，暗地裡卻在觀察吳夫人的反應，覺得她的笑臉給人一種毛骨悚然的感覺。

「這怎麼敢當呢？」吳夫人半挖苦地笑了笑，然後啜了一小口酒，有些誇張地嘆了口氣。「阿嫂，我真是羨慕妳就要有孫子可以抱了，不像我，下半輩子連個依靠的人都沒有，我才說養女兒沒有用處，連個好女婿都挑不到……」

聽到姑母大吐苦水，薄子淮自然不能裝作沒聽見，不得不開這個口。「姑母就儘管住下，不必見外。」

雙月忍不住在心裡腹誹——什麼叫養女兒沒有用處？是妳把女兒教壞，讓她有樣學樣，才會變成今天這個樣子，不要只會怪別人。

「好了，才喝一口酒就醉了嗎？」薄母皺起眉頭低斥小姑。

吳夫人可有滿肚子的牢騷，將手上的酒一口飲盡，繼續把它發洩完。

「阿嫂是不會瞭解我此刻的心情，因為妳有個好兒子，現在又有一個好媳婦兒……」還特別加重「好媳婦兒」這幾個字。「將來還會兒孫滿堂……」

這還是頭一回覺得小姑說話的口氣滿是酸味，薄母按捺著心頭的不悅。「難得一家人吃個飯，妳就少說兩句吧。」

「在這個家裡，我只不過是個外人，連說話的餘地都沒有……」吳夫人用袖口拭淚，傷心地哭訴。

「姑母言重了。」薄子淮沈著俊臉，不喜歡這種莫須有的指控。

「姑奶奶喝醉了……」薄母回頭使喚著在一旁伺候的婢女。「快點扶她回房歇著，記得弄些醒酒茶給她喝下。」

「我沒有醉……我還沒說完……」她只是不服氣、不甘心，有氣無處發。

幾個婢女連攙帶扶的將吳夫人送了出去。

薄母抿著還有些不悅的嘴角說道：「好了，吃吧。」

見婆婆開動了，雙月桌案下的腳輕輕地踢了下身旁的男人，讓他有些困惑地睇過來，見他還沒有反應，她又踢了一下。

薄子淮微蹙眉峰，猜測這個小動作的用意，就見雙月看了下酒杯，又看了看自己，這才領悟過來。

「孩兒跟雙月敬額娘一杯……」薄子淮執起面前的酒杯，站起身來。「祝額娘……長命百歲。」

雙月自然也跟著起身。「祝婆婆長命百歲。」

「今天可不是我的壽辰。」薄母心裡有些高興，這是有生以來第一次，兒子在自己的生辰時對她這麼說，不過臉上可沒有表現出來。

「如果沒有婆婆，就沒有今天的相公，這麼說也是應該的。」雙月聽過孩子生日，其實就是母難日這種說法，可惜自己一直沒機會在這天祝福自己的媽媽，眼圈還是忍不住紅了。

見狀，薄母一臉不解。「妳哭什麼？」

「我只是想到自己的媽……娘親，沒辦法在生辰這一天跟她這麼說，所以很高興能把這句話獻給婆婆。」姑且不論她曾經怎樣對待過自己，但是如果沒有這個女人，這世上就沒有薄子淮，還是要感謝她。

薄母愣了一下，差點就要被感動了，不過馬上提醒自己，這絕對是裝出來的，她心裡一定不是真的這麼想。

「那麼我就收下了。」薄母姿態還是很高的。

見婆婆沒有反唇相稽，已經是個好現象了，就算只是為了約定的事也好，就是不希望在這一天把氣氛又鬧僵了，雙月更覺得冒這個險還是值得的，相信不用兩年，婆婆一定可以接受她這個媳婦兒。

於是，這頓「生日大餐」雖然算不上和諧愉快，不過比起之前的劍拔弩張，已經相當好了。

用。

而當主子們在內廳用膳，除了在裡頭伺候的奴僕之外，府裡的其他人也同樣有大餐可以享

他們在小院子裡擺了好幾張桌子，在月光下點上了燭火，有好幾個廚子負責料理，當一道一道平常根本吃不到的大魚大肉端上桌，一個個猛嚥著口水，還不忘用手捧著，就怕滴到地上。

「這是夫人交代的，她說大家都很辛苦，也很少有機會吃得豐盛些，所以今晚就儘管吃，要把所有的菜全吃光，一口都不要剩下。」小惜沒有在內廳伺候，而是被派來張羅這件事。

奴僕們不由得面面相覷，大受感動。

「還是夫人瞭解咱們……」

「因為她當過婢女，所以才能體會大家有多辛苦……」

「這些都是給咱們吃的嗎？」

「咱們可不能辜負夫人的好意……」

所有的人都心懷感激，紛紛坐下來享受難得的大餐，儘管有點涼意，不過熱湯好料下肚，身子也馬上暖呼呼的。

這一頓飯更讓他們明白夫人才是最能為奴僕們著想的主子。

夜深人靜，寢房內，夫婦倆相擁地坐在榻上，等待著這一天結束。

兩人都沒有說話，只是握緊彼此的手。

時間一分一秒地過去了，雙月可以聽見自己的心臟撲通撲通地跳得好快，也好大聲，連呼吸都有些不穩。

等待，真的是最難熬的。

「……還有多久？」她輕聲地問。

薄子淮將下顎抵著她的螓首。「約莫一個時辰左右……我在這兒，就在妳身邊，所以別怕，不會有事的。」

「我不是在怕，只是在想我穿越到清朝，吃了這麼多苦頭，如果還是無法改變你和薄家的命運，應該怪誰才對？」雙月把玩著他略帶薄繭的手掌，輕嘆一聲。「難道是我的錯嗎？」

明知不該這麼想，也明知自己有多努力，可是當不安浮上心頭，不由自主地就會產生這種念頭。

他將身畔的嬌軀擁緊一點。「當然不是，這不是妳的責任，妳也盡力了。」

「我也想不出還能再做些什麼……」她確實已經卯足全力，把自己懂的會的全都派上用場。

「已經夠了。」薄子淮不希望她為此自責。

「嗯。」雙月悶悶地點了點頭。

「現在的妳唯一要做的就是待在我身邊。」這是他最大的心願。

她梗笑一聲。「我不是就在這兒嗎?現在就算可以讓我回到原本的世界去,我也不要,除了你身邊,哪裡也不想去。」

「好……」薄子淮沒有懷疑她這番話。

將螓首靠在他的肩膀,雙月閉上了眼皮,全身也慢慢放鬆。

「睡吧。」薄子淮掌心在她身上輕拍著。

「現在還不能睡……陪我說話……」今天真的很累,應該說這幾天的精神都繃得很緊,所以真的很疲倦了,不過雙月還是拚命地抗拒睡意。

他輕笑一聲。「要說什麼?」

「什麼都好……不然說笑話給我聽……」她口中喃道。

「笑話?」這對薄子淮來說是一大考驗。「……一時之間想不出來。」

雙月聲音已經愈來愈小。「那不然……講鬼故事……好了……」在身上輕拍的力道就像是催眠似的,讓她的意識漸漸飄散。

確定雙月睡著了,薄子淮才逸出一縷無聲的嘆息,想到她為自己所做的,更要用這一生來回報。

他先讓雙月平躺下來,才能睡得安穩些,然後跟著臥在她身畔。

與其擔心是否會遭逢不幸,還不如和最愛的女人相擁而眠,這般的幸福滋味,足以勝過面對死亡的恐懼。

當夜更深了，命運的輪軸悄悄地偏離原有的軌道。

就在夜盡天明，天際露出了魚肚白，寧靜的府邸也開始有了動靜，奴僕們紛紛忙碌了起來。

「哇啊——」雙月意識到自己居然睡著了，驚嚇得失聲大叫。

「嗯……出了什麼事？」被這個叫聲嚇醒的薄子淮嗓音中還挾著濃濃的睡意，半瞇著眼皮問道。

雙月看到他還活得好好的，一把撲了上去，激動地大喊。「你沒事，你真的沒事……我們贏了……我們戰勝命運了……嗚……」

「……不要哭……」聽到雙月陡地放聲大哭，讓他不禁慌了，因為受再大的委屈，她也不隨便掉淚的。「我不是好好的沒事嗎？」

「我……我知道……嗚嗚……」她已經哭到不可收拾。

「咱們一定可以白頭到老的。」薄子淮如此堅信著。

撲在他懷中的雙月一面哭，一面喃喃自語。「能夠沒事當然是最好……可是……未免太容易了……」原以為會有突發的狀況發生，卻什麼事都沒有，反而更加奇怪。

難道真像鬼阿婆說的，命運只是偏移，真正的劫數還沒降臨？

「妳太多心了……」薄子淮柔聲哄著，比起自己的生死，他更捨不得雙月為此連覺都睡不好，那又該如何給她幸福？

「不管是不是多心，我們要一起活到很老很老……」不管還會遇上什麼困境，都儘管來好了，她都會跟它們拚了。

「好。」只要是雙月開口要求，他沒有不答應的。

「如果你以後敢有別的女人，我就把你咔嚓……」她戲謔地說。

「咔嚓是什麼意思？」薄子淮很有求知慾地問。

雙月抬起還沾了些淚痕的臉蛋，眼光灼灼地問：「你真的想知道？」

「……咳，我想不用了。」他開始有妻管嚴的傾向了。

她抿住粉唇，免得笑出聲來。

「還有……我想改善府裡那些奴僕的工作權益。」就因為身受其苦過，所以雙月最想做的就是這一項，一直擱在心裡，就是想要找機會跟他提。

「工作權益？」薄子淮怔了怔，他不瞭解這四個字的意義。

「雖然他們是賣身進府的，可也是這個家的一份子，該享有的人權不能少，不過現在只有初步的構想，等我列出來之後再給你看。」趁他這麼好說話，雙月馬上提出要求。

「……好。」他相信她。

「謝謝。」雙月也很清楚這對一個古人，以及當主子的來說，是很難去做到的事，可是這個男人願意傾聽，願意試著去瞭解，已經讓她很欣慰了。

他低笑一聲。「就只有這些？」

「還有……你要好好活著。」

「好，我全都答應妳。」就因為她這般知足，薄子淮反而想給得更多。

「我們要過得很幸福……」雙月用力抱住他，無法完全拂去心頭隱隱的不安，總覺得還有事要發生。

「一定會的。」他允諾。

兩個多月後——

天氣也愈來愈熱了。

吃過午飯，雙月便開始進行每天的例行工作，也就是在府裡各個角落裡走動，和府裡的奴僕聊上幾句話。

這對她來說，同樣是一項艱難的挑戰。

因為人際關係是雙月最弱的一環，她不習慣和別人打交道，可是自己若不採取主動，計劃便無法付諸實行，所以只能不斷自我要求，也相信只要表現出誠意，一定可以得到對方的真心。

「……沒錯！就像『醫龍』裡的朝田龍三郎，運用高明的手術技巧，以及無可動搖的意志，不被醫院的派系鬥爭所迷惑，還將身邊那些擁有黑暗過去的人一一收服，就算曾經是反派角色，最後也會改邪歸正，然後組織成最強的醫療團隊……」雙月握著拳頭，仰首看著天。

「我也可以辦到的！」她要有信心。

「夫、夫人？」有個遲疑的聲音喚道。

雙月回過神來，瞅著站在面前，滿臉疑惑的管事。「不好意思，我分心了，剛剛說到哪裡？」

「夫人說想知道府裡的奴僕之中，年紀最大、又待最久的有幾個？」管事聽不懂方才她在自言自語什麼，可是對於提出的問題有些戒慎。

「對，你應該很清楚吧？」她問。

管事小心翼翼地開口問道：「不知夫人問這個做什麼？」因為有好幾個是大人的阿瑪還在世時就進府的，之後大人被調到江寧，自然也跟著來。

「沒有要做什麼，只是想認識他們一下……」雙月審視著他謹慎的表情，在心裡兀自揣測著原因。「是不是不太方便？因為之前遇過幾次，不過他們一見到我就躲，想說個話都沒辦法。」

「如果夫人只是想見見他們，小的可以讓他們過來，不過這四個人都在薄家待了大半輩子，已經無家可歸，也沒有其他去處……」其實這幾個老奴才一直很擔心有一天老夫人會嫌他們沒有用處，將他們趕出薄家，所以這些年都是安安分分地做事，不太說話，就是不想引起注意。

雙月眨了兩下眼皮，後知後覺地明白了。「你誤會了，我不是要趕他們走，只是想說他們在薄家待了這麼多年，應該很瞭解這個家的事，才想聽聽看他們的想法，只是這樣而已。」

原來當主子也不容易，說出來的每句話都會引起下頭的人的誤會，看來主僕之間缺乏信任的話，是無法得到他們的心。

儘管雙月從不當自己是個主子，可以和大家平起平坐，但是在別人眼中，她又確實是個主子，無法再像過去那樣自在地說話，甚至還會存有戒心，這一點她要注意才行。

管事沒想到是為了這個原因，暗自吁了口氣。「是，那麼小的現在就去叫他們四人過來見夫人。」

「也不用著急，只要先跟他們說一聲，願意的話再過來。」雙月也不想用強迫的方式，換成是自己也不喜歡。

「是。」管事拱手回道。

事情談完了，雙月輕頷了下首，再次舉步，往下一個地方前進。

她沒有讓小惜跟著，就是喜歡一個人悠閒自在地走走晃晃，偶爾停下來欣賞一下園林景致。

「夫人！」一個開朗的女聲喚著她。

雙月循聲望去，認出這名塊頭比一般姑娘家大些的婢女，就是過去伺候二小姐的小鵑，見到過去認識的「朋友」自然開心了。

「找我有事嗎？」才這麼問，就發現有兩名婢女躲在不遠處偷聽，讓她有些好奇地多看兩眼。

小鵑搔了搔臉頰。「夫人，事情是這樣的，因為秀花昨天葵水來了，不知怎麼，肚子痛得死去活來，都沒辦法幹活，因為她是伺候姑奶奶的，趙嬤嬤還不准她回房休息……」

「現在人呢？」雙月急問。

「今早要去伺候時，結果走到半路上就昏倒了，又不能請大夫，所以咱們只好來找夫人幫忙。」小鵑希望雙月能看在以前的交情上，可以伸出援手。

她用力頷首。「妳現在就去找管事，要他馬上派人去請大夫，要是問起，就說是我說的。」

不只小鵑露出喜色，後頭的兩名婢女也跟著鬆了口氣。

「是，夫人。」小鵑立刻去找人了。

雙月又睇向那兩名婢女。「妳們可以帶我去看她嗎？」她並不認識這個叫秀花的婢女，多半是剛進府的。

「當然可以……」

「夫人，請往這邊走。」她們可是很樂意。

於是，當雙月去探望過秀花之後，便把管理婢女丫頭的包嬤嬤找過來，並說出自己的決定。

「……夫人，這怎麼行呢？」包嬤嬤怪叫一聲。「每個月葵水來可以休一天，那府裡的粗活，還有伺候的工作要讓誰去做？」

她看著包嬤嬤，用現代的想法來說服對方。「妳和我都是女人，應該很瞭解那幾天有多難受，讓身體休息一天，吃些補一點的食物，相信之後工作起來會更有幹勁，體力也會更好，並不會有太大的損失，何況府裡有這麼多婢女丫頭，葵水也不可能同時來，只要調度一下就好。」

比起現代的醫學進步，有衛生棉和小棉條方便使用，更有止痛藥隨時可以買來吃，古代的女人真的太辛苦了。

「可是夫人……」包嬤嬤可不想做這麼麻煩的差事。

「我相信依妳豐富的經驗，這種小事絕對辦得到，還是妳認為自己不行？」雙月挑眉問道。

「呃……當、當然辦得到了。」包嬤嬤被堵得無話可說。

雙月笑得無比燦爛。「既然辦得到就好，這個規定就從今天開始實施，若是有人反對，可以跟我反應，我會親自說明。」

「是、是。」雖然不太明白，不過包嬤嬤也不敢再反對了。

「那就交給妳了。」她拍了拍包嬤嬤的肩膀。

包嬤嬤嘴巴一張一合，不知該說什麼。

而這個最新的規定不但讓府裡的婢女丫頭大聲歡呼，十分感謝雙月的體恤，連奴才守衛也對這個決定大感不可思議。

不過可有人不高興了。

傍晚左右——

雙月走到快鐵腿了，不得不先回寢房歇息，房子太大就是有這種壞處，所以她一點都不羨慕住豪宅的好野人。

「……要把剛剛這一條列入家規裡頭。」她拿著2B鉛筆在紙上記錄，想到什麼，隨時寫下來才不會忘了。

她一邊吃著糕點，一邊思考，所謂的家規不是用懲罰來管理下頭的奴僕，這樣並不會讓人打從心底服從，自己就是最好的例子。

「還有什麼呢？」雙月咬著2B鉛筆，口中喃道。

叩、叩——

門扉被敲了兩聲，小惜探頭進來。

「什麼事？」她馬上將東西收好。

小惜走了進來。「趙嬤嬤來說姑奶奶有事想請夫人過去一趟。」

聞言，雙月有些訝異，不過也知道不能拒絕。

「我這就過去。」到底是什麼事？

在小惜的陪同之下，雙月前往吳夫人居住的院落中，似乎料定她會馬上過來，已經坐在座位上等了。

「姑母。」雙月上前見禮。

「聽說妳今兒個一整天忙得很，還特意把妳找來，沒有打擾到妳吧？」吳夫人字面上說得好聽，卻是諷刺意味濃厚。

她也沒有笨到聽不出來。「當然沒有了。」

吳夫人假笑一聲。「別淨站著，快坐下來。」

「是。」雙月以不變應萬變。

「之所以把妳請過來，也是因為聽說府裡新添了一條規矩，凡是婢女丫頭，只要每個月的葵水來了，可以休息一天，這種事可是從來沒有過的。」吳夫人第一個表示反對。

「是啊，還真是前所未聞，傳揚出去可是會讓人在背後笑話的。」身邊的趙嬤嬤也涼涼地幫腔。

雙月淺哂一下。「就是因為從來沒有過，才要立下這個規定，難道姑母遇上那幾天，不會想要躺在床上，什麼事都不用做？」

「那不一樣，她們可是花銀子買進來使喚伺候的，再說府裡的事還輪不到妳來管，這麼自作主張，恐怕……不太好。」她虛情假意地說。「我也是為了妳好，就怕妳會挨罵。」

「謝謝姑母關心，我會親自去跟婆婆解釋的。」雙月一句話就擋了回去。

吳夫人和身旁的趙嬤嬤對看一眼，見她無動於衷，也看不出有被嚇到的樣子，眼看計劃失敗，不禁暗惱在心。

「唉！不聽老人言、吃虧在眼前，可別說我沒提醒過妳。」這對婆媳要是能因此鬧翻，不也正中自己的下懷？

她裝作沒有聽懂吳夫人的恫嚇。「姑母還很年輕，連皺紋也沒看到半條，一點都不會覺得老。」

「妳……」這話聽在吳夫人耳中像是在挖苦。

雙月微微地斂去笑意，正色地開口說道：「我還是要謝謝姑母的好意，提醒了這麼重要的事，更會想辦法說服婆婆，就算是買進來使喚伺候的，他們也是這個家的人，多給予一點重視，相信會得到更大的回報。」

「是、是這樣嗎？」吳夫人面頰抽搐地笑問。

「我認為這麼做沒錯。」她自信滿滿地說。

吳夫人嘴角扭曲，從齒縫中擠出話來。「年輕人的想法就是跟咱們老一輩的不同……」本來想說出身低下的人自然會替他們說話了，不過現在的處境對自己不利，還是先別跟這賤婢鬧翻了。

「只要阿嫂同意，我也不便說什麼。」哼！大家等著瞧吧。

「這可是姑母自己說的。」雙月笑吟吟地說。

「當然了。」吳夫人可是很有把握絕對過不了關。

雙月但笑不語，心想非要她跌破眼鏡不可。

到了第二天……

還不到中午，就傳出老夫人同意這個新規矩的消息。

「多謝老夫人！多謝老夫人！」紫鴛如獲大赦般，跪下來猛磕著頭。

「妳也不需高興成這副模樣吧？」薄母一臉大惑不解。

「那是因為……奴婢每回遇到那個來，總是痛到恨不得死了算了，只能咬緊牙根忍耐……」她一面哭一面說著。「以後總算可以躺著休息一天了……」

這番話讓薄母不禁錯愕。

因為紫鴛是自己的貼身婢女，每天都在身邊伺候，居然沒發現她有這個毛病，一時之間不知該做何反應。

「奴婢謝謝老夫人恩典……」彩荷和其他婢女也異口同聲地說。

府裡上上下下也很清楚雖然是夫人提出來的建議，不過也要當家作主的老夫人同意才能算數。

頓時，薄母微張著口，好半天說不出話來。

「婆婆真的做了一件好事。」雙月也趕緊奉承。

她哼了一聲，要不是看在兩年約定的分上，得在人前扮演一個疼愛媳婦兒的好婆婆，否則可沒這麼好說話的。

只不過看著眼前一張又一張感激涕零的臉孔，全都打從心底在感謝自己，而不是像過去那般震懾於主子這個身分，這可是從來不曾有過的，讓她生起一種難以釐清的感觸。

難道她這個主子就這麼刻薄、這麼難以親近、連身邊的人有話都不敢說？活到這個歲數，薄母還是頭一遭有這種想法。

雙月抿嘴偷笑，心想自己的計劃總算踏出第一步，也許無法改善所有奴僕的工作環境，可是對婢女和丫頭來說，算是一大福利，也是自己能為他們做到的，其他的就一步一步慢慢來吧。

第八章　轉折

一個月後——

如同往常一般，兩江總督部院裡的氣氛依舊嚴肅莊嚴，從上至下，一絲不苟地堅守在自身的崗位上，直到兩輛奔馳中的馬車由遠而近，才劃破了寧靜。

待兩輛馬車一前一後的停在轅門前，駐守兩旁的士兵立即上前盤查，手上的兵器蓄勢待發，接著高聲斥喝——

「裡頭是什麼人？」

「閒雜人等不許亂闖！」

這時，從馬車上下來了個漢子，表明了主子的身分，只見士兵臉色一變，立即露出誠惶誠恐的神情，速速稟告上級長官，因為皇帝居然派了欽差大臣前來江寧，這可是非同小可。

正在廳堂內和幾位部屬商討要事的薄子淮被跑步聲給打斷談話，俊臉一沈，瞥向未經通報，便衝進門來的士兵，打算給予軍紀處分。

「啟、啟稟大人，皇上派欽差大臣前來，此刻正在轅門外……」原本一臉倉皇的士兵被一道冷眼凍住，馬上冷靜下來。

薄子淮只是眉頭一挑，不過在座的部屬可全都從座椅上驚跳起來。

「欽差大臣?!」

「皇上怎麼突然派欽差大臣來了？」大家七嘴八舌地嚷著。

「快快有請！」薄子淮當機立斷地朝士兵下令，接著偏首對身邊的萬才說：「去把本部堂的官帽取來！」

萬才躬了個身，快步出去了。

會是誰呢？雖然欽差大臣是非正式的官職，不過卻具有相當的特殊地位，能擔此任務者，必定是皇上的親信，薄子淮腦中迅速地列舉出各種可能，以及所為何事，好能隨機應變。

原本在廳裡的其他部屬也在揣測之中跟著步出門檻，準備到前頭迎接欽差大臣的來到。

「大人！」一會兒功夫，萬才已經取來涼帽。

他一面將涼帽戴正，一面邁開大步，往前廳走去。

待薄子淮覷見一名約莫二十來歲，身著便袍的貴氣男子，在幾位隨從的簇擁下走來，才不過一眼就認出對方便是被封為貝勒的四阿哥，在眾皇子當中，他對皇上誠孝、個性恬淡不爭，深沈內斂，辦事又認真，會命他擔任此次的欽差大臣，也就表示茲事體大。

「下官兩江總督薄子淮見過貝勒爺……」他甩下兩邊的箭袖，單膝下跪，打千請安。「貝勒爺吉祥！」

身後的部屬也跟著打千請安。「貝勒爺吉祥！」

禛貝勒神色冷凝，俯視著跪在面前的一干人等，尤其是薄子淮，片刻之後才低哼一聲，越過眾人面前，逕自踏進前廳。

見狀，薄子淮有些驚疑不定，於是起身，跟在後頭進屋。

待所有人都入了廳，禛貝勒一個旋身，面容嚴厲，直視著朝野之中最為年輕有為，素來行為端正的兩江總督，問道：「薄制台，你可知我這趟來到江寧，所為何事？」

薄子淮拱手回道：「還請貝勒爺明示。」

「一個多月前，太子接獲不少密報，紛紛指控你貪瀆索賄、知法犯法，上一回皇上南巡，還私下跟百姓要求捐俸，於是在皇上面前參了一本……」禛貝勒嗓音更為嚴峻。「皇上認為你欺上瞞下，大為震怒。」

「貝勒爺，這完全是子虛烏有，絕無此事……」薄子淮頓時明白被人栽贓了，只因他在兩個月前嚴厲斥責那些利用皇上下回南巡，就怕接駕不周，藉機向百姓斂財的官員，甚至還拒絕了幾位知縣藉機提高賦稅的要求，沒油水可撈，自然會心生不滿，而太子是最受皇上寵信，所說的話又有一定的分量，加上皇上對貪污一事恨之入骨，才想藉機拉自己下臺。「還請貝勒爺寬限數日，讓下官將證據呈上，好證明自身清白。」

聞言，禛貝勒面色益發冷峻。「是否真的子虛烏有，你就當面跟皇上說吧……本貝勒奉皇上口諭，將兩江總督薄子淮撤職查辦，即刻押解回京。」

此話一出，當場引起譁然。

「還請貝勒爺明察……」薄子淮跪地伏身請命。

「來人！摘了他的頂戴！」禎貝勒口氣毫無轉圜的餘地。

此刻躲在外頭偷聽的萬才不禁大驚失色，他老早就說像制台大人這種不知變通的爛好人，不愛權，也不愛銀子，遲早會被人陷害的，真的讓他猜中了，只得趕緊差個在廚房幫忙的奴才上薄家通風報信。

那名奴才不敢延誤，也幸好薄家距離不遠，就這麼一路直奔到了大門外。

「開門！快開門！」

門房正在吃他的午飯，敲了老半天，總算姍姍來遲。「是誰啊？」

「小的要見老夫人！」奴才大聲嚷嚷著。「出事了……制台大人出大事了……快點讓小的進去稟告……」

「什麼？快！快進來！」門房也被他的話給嚇到了。

於是，那名奴才揮汗如雨地來到薄母居住的院落。

這時的雙月也正巧在小廳內，現在連中午都會故意跑來陪婆婆用膳，無非是要讓她習慣自己的存在。

「今天的魚湯很鮮甜，裡頭有很多鈣質，婆婆要多喝一點……」她先喝了一碗，馬上讚不絕口。

薄母狐疑地覷了她一眼。「妳說……概什麼來著？」

「我的意思是說湯裡有很多對身體有好處的營養……」雙月先盛了半碗。「只要喝一口就知道了。」

「還不都是魚湯，也沒多大差別。」薄母撇了撇嘴角，嘴巴上似乎不領情，不過還是執起白瓷湯匙舀了一口來喝。

雙月才要開口，就聽到外頭有人在嚷嚷。

「不好了……不好了……」前來通風報信的奴才一路跌跌撞撞地，就是想要快點見到人。「出大事了……」

那名奴才使出全力大喊。「別管什麼規矩，大人出事了！」

聞聲，彩荷已經先出去罵人了。「是誰在大呼小叫的？究竟懂不懂規矩？」

屋裡的人自然也都聽得一清二楚。

「……到底出了什麼事？」雙月臉色丕變地衝出去。「快說！」

他用力地嚥了口唾沫。「小的聽萬才說……皇上派了欽差大臣到江寧來……說制台大人貪贓枉法、收取賄賂……奉旨要把他押解進京……所以要小的趕緊來跟老夫人稟明，快點想想辦法……」

雙月臉色陡地刷白了。想到鬼阿婆說相公的命運只是偏移了，即便能活過二十八歲，劫數還是存在，只是不確定何時會降臨，難道指的就是這一關？

「……你說什麼？」薄母也從廳裡出來，聽到奴才這番話，按著心口，一副快昏厥過去的模樣，幾個貼身婢女連忙伸手攙住她。「怎麼會發生這種事？」

雙月顫抖著聲音追問：「那麼大人怎麼說？」她當然相信相公的清白，不可能會貪污，那麼就是有人誣告了。

「小的也不怎麼清楚……」奴才搖著頭說。

此時的薄母早已嚇得方寸大亂，只能大聲哭喊。「怎麼辦？這下該怎麼辦？該找誰來幫忙？聽說皇上最恨的就是貪污的官吏，子淮要是被押回京去，一定會被處死的……對了……去找曹大人，求他去跟皇上說幾句好話……」

「先不要著急，我現在就去問個清楚……」雙月只能強迫自己要冷靜，沒什麼難關過不了的。「你來幫我帶路！」她沒去過相公上班的地方，只知道離家不遠，用跑的應該很快就到了。

奴才馬上點頭如搗蒜，迭聲說是。

「婆婆就留在家裡等消息……」

薄母低斥道：「妳懂什麼？就算去了又有什麼用？」

「不去又怎麼知道沒用？」雙月板起小臉，嬌喝一聲，讓薄母當場震愣，一時之間無法反駁，接著她又擺出當家主母的威嚴下令。

「彩荷，妳們都在這兒陪著老夫人，還有府裡的人各自做自己的事，不要慌張，要是有任何狀況，我會馬上派人回來通知。」交代完畢，她馬上轉身，跟著那名奴才要出門。

「夫人，還是先讓人備轎……」紫鴛連忙說道。

雙月擺了幾下手，連頭也沒回。「我怕來不及，用跑的會比較快……」都什麼節骨眼了，還在乎不能拋頭露面的規矩，話才這麼說著，便一手拎著裙襬，往大門口的方向奔去，連那名奴才都還跑不過她。

「夫人等等小的……」

「你跑快一點！」運動神經不錯的她開口催道。

那名奴才只能拚了小命趕上。

就這樣，雙月無視路人的異樣眼光，使盡全力地奔跑。

她想到古裝戲裡頭演欽差大臣的，都可以手拿尚方寶劍，然後來個「先斬後奏」，說不定已經把薄子淮的腦袋給砍了，雙月幾乎是用破金氏世界紀錄的速度趕到，跟在後頭的奴才上氣不接下氣地向把守轅門的士兵說明身分，才得以放行。

雙月心急如焚地跑向前廳，此刻腦子一片空白，想不出對策，也只能等見到這位欽差大臣之後再說了。

「不相干人等不准進來！」禎貝勒帶來的隨行人員將雙月擋在廳外。

被人擋在外頭進不去的雙月，只好伸長脖子往裡頭張望，就見薄子淮雖然跪在地上，依舊不卑不亢，似乎正在說服坐在主位上的男人，讓她看了好心疼，又好生氣，要是知道是被誰陷害的，絕對要那些人好看。

「我是兩江總督薄子淮的夫人，不是不相干的人……」雙月高聲表明身分。「讓我進去見欽差大臣！」

薄子淮聽到這個再熟悉不過的女子嗓音，心頭一緊，猛地回頭，果然見到雙月試圖要突破重圍。

「妳來這兒做什麼？快回去！」他低斥。

就算是命令，她也有拒絕的權力。「我和你是夫妻，怎麼可以在這個節骨眼裡拋下你不管？」

無論如何，雙月都要想辦法幫相公度過這一劫。

坐在主位上的禎貝勒朝隨行人員比了個手勢，總算讓雙月得以進門。

雙月半垂螓首，來到相公身邊，然後跪下請命。

「欽差大臣，我……不是，妾身的相公是冤枉的，他這個人腦筋死板板又硬邦邦的，根本不懂得轉彎，只會按照規矩行事，要他去貪污，還不如一刀殺了他比較快。」她一鼓作氣地把話說完。

跪在她身邊的薄子淮聽了這一串話，俊臉泛柔，心情整個平靜下來，只要所愛的女人相信自己，全天下的人都不信又有何妨。

端坐在椅上的禎貝勒聽完這番帶了幾分粗魯，卻又直率的話，沈吟一下。「即使如此，也無法證明他的清白。」

雙月反應也算是很快。「那麼就請欽差大臣給個幾天的時間，讓妾身的相公可以證明自己的清白。」

「……」禎貝勒一臉沈思狀。

她猛地抬起頭。「真的只要幾天就夠了……啊！」

直到這一刻，雙月才看清這位欽差大臣的長相，冷不防地低呼一聲，臉上露出明顯的驚愕。

「貝勒爺？」

禎貝勒也覺得她有些面熟，慢慢地在記憶中搜尋見過的面孔。

「妳是……哈雅爾圖的養女……」也就是在數月前，救了嫡長子一命的女子，似乎有聽福晉提過她嫁人了，不過並沒有太過留意，想不到卻是嫁給兩江總督，又是在這樣的場合中見面。

「呃，是，貝勒爺。」雙月還以為這輩子不會再遇到這位未來的大清皇帝，這該說巧還是不巧？

他想到曾經說要還人情的事，於是從善如流。

「妳救了本貝勒的嫡長子一命，這個人情一定要還，如果這就是妳的請求，本貝勒可以寬限七日。」禛貝勒認為已經很寬容了。

雙月馬上猛搖著腦袋。「妾身並沒有要貝勒爺還這個人情……」

「妳方才不是還急著為相公喊冤，怎麼卻要拒絕本貝勒還這個人情？」他不免產生了好奇心。

聽到禛貝勒這麼說，這一剎那，雙月真的想收回之前說過的話，要對方還這個人情，好放相公一馬，可是在經過一番天人交戰之後，她還是決定遵守自己的承諾，不跟禛貝勒討這個人情了。

「妾身那天已經說過不要貝勒爺還人情了，既然已經那麼說，怎麼可以突然反悔？做人不能因為自己快死了，就要別人報答之前的恩情，那當初所做的善事，不就變得很虛偽，也不是出於真心，那就沒有意義了。」

她做對了嗎？

萬一禛貝勒執意要將相公押回京去，恐怕真的凶多吉少，可是若出爾反爾，這個在歷史上出了名心胸狹窄、行事狠毒的下一任大清皇帝，搞不好會恩將仇報，那麼同樣是死路一條了。

莫非這是在考驗她？

事到如今，雙月只能賭一賭了。

禛貝勒先是一怔，接著沈默了，如果她方才企圖挾人情來為自己的相公求饒，那麼他絕對二話不說，即刻將兩江總督押回京問罪。

而他也確實被雙月這席話給打動了，只因有這種想法的人，可是少之又少。「如此一來，可就救不了妳的相公了。」

「妾身不想利用這個人情來救相公，只是想要請教貝勒爺，難道就不想查出真正的『真相』，揪出真正貪污的官員，還有藏身在幕後那隻真正的黑手，讓百姓安心，也讓皇上沒有後顧之憂？」雙月只能說之以理。

「到時皇上不但不會怪貝勒爺辦事不力，還會大大的誇獎一番，留下好印象，以後更會委以重任，這樣不是更好嗎？」接著，她又動之以情，就不信這個男人不會想在皇上面前力求表現。

「妳這話確實有點道理。」他淡淡一哂，上回見面便覺得此女的想法與一般人不同，如今更加認為雙月膽識過人，對於所言之事也頗為認同。

雙月朝他磕了個頭。「妾身只求貝勒爺給幾天的時間就好，到時還是無法證明，也就無話可說了。」

過了半晌，禛貝勒仍沒有開口。

氣氛十分凝重，讓人連大氣都不敢喘一口。
「如果妳方才真的開口索討人情，可就大錯特錯了。」他正色地說。
她仰起臉，驚喜地說道：「貝勒爺的意思是……」
「好吧！」禛貝勒拍了下座椅扶手，方才雖然摘了兩江總督的頂戴，還將他撤職查辦，即刻押解回京，不過若能查出「真相」，也不失是大功一件。「就給你們七天的時間，期限一到，絕不再寬貸。」
若太子指控之事確是有人捏造栽贓，未曾查明就擅自稟奏，皇阿瑪就算有心想要袒護，於情於理都說不過去，到時自己順勢代太子說幾句好話，自然化解，皇阿瑪也會表示讚許，思前想後，確實是一條可行之計，再說也不差這七天，因此決定做個好人。
雙月猛磕著頭。「謝謝貝勒爺。」
成功了！她做對了！
「下官一定不負貝勒爺所望。」薄子淮伏身說道。
於是，禛貝勒從座椅上站起身來。「七日期限一到，本貝勒再來聽你的『真相』。」話一說完，便帶著隨行人員離去。
眼看危機暫時解除了，雙月繃緊的神經放鬆下來，整個人坐倒在地上，淚水就這麼不爭氣地掉下來。

「沒事吧？」薄子淮輕柔地扶她起身。

幾個從頭到尾都目睹的部屬，對雙月可是敬佩萬分。

「夫人真是了不起……」

「幸虧夫人來了，要不然咱們真的慌了手腳……」

「你們先出去吧！」薄子淮先屏退了部屬。

待其他人出去，他還是訓了雙月兩句，不希望她也受到連累。「剛才妳就這麼直闖進來，實在是既莽撞又不智的行為。」

雙月不停地拭著淚水，可是怎麼擦也擦不完。

「我一聽到消息，根本沒辦法考慮那麼多，想到你無緣無故被人家陷害，怎麼可能還冷靜得下來……我更害怕……你逃不過這一劫……」

如果之前沒有正巧救了禎貝勒的兒子，說不定今天這個劫數躲不過，還有方才若跟他要回人情，一切就真的完了，現在回想起來不禁要捏一把冷汗，真的好驚險。

「不過只有七天的時間夠嗎?你要怎麼去證明?」雙月定了定神才問。

薄子淮頷了下俊首。「我心裡大致有個譜，也早就在搜集罪證當中，只是因為那些人都有後台和靠山，為了讓他們無從狡辯抵賴，所以花了不少時間，就差最後一步，只是萬萬沒想到他們被貪念蒙蔽了雙眼，先誣陷我。」

聞言，雙月也狠不下心來責備他，早就該把那些貪官污吏給一網打盡之類的話，現在說這些都沒用。

「那就好，去做你該做的，我永遠站在相公這一邊。」她說。

他目光一柔，因為這句話是支持自己的原動力。

兩人不禁相視而笑。

也因為經過這個小小的轉折，讓他們更加懂得知福惜福了。

薄府——

儘管雙月在出門之前說過會派人回來告知情況，不過薄母可是一點都不放心，也不相信她會有多大的能耐，於是雙月前腳剛走，便讓管事後腳跟著過去，探聽最新的發展。

「都已經半個多時辰，怎麼還沒回來？」她望穿秋水地問。

「應該快了。」彩荷和其他婢女也是憂心忡忡，因為這關係到薄家的存亡。

「我看還是去求曹大人幫忙，畢竟曹家和皇上的關係匪淺……」薄母口中低喃著。「唉！真是急死人了。」

就在薄母決定親自走一趟曹家，管事終於回來了。

「老夫人。」他拱手見禮。

薄母胡亂地擺了擺手，口中催道：「現在怎麼樣了？子淮呢？」

「小的雖然沒有親眼目睹經過情形，不過聽其他人說多虧了夫人，她跪在欽差大臣面前，毫不畏懼地為大人求情，最後欽差大臣終於答應給予七天的期限，來證明清白……」管事真希望自己也能在現場。「大家都很佩服夫人的膽量，個個豎起大拇指稱讚。」

聽完，薄母不由得呆愣住了，好半天開不了口。

「太好了……」

「這下子有救了……」

「一定不會有事的……」

婢女們異口同聲地歡呼。

「你說的是真的？」薄母還是有些難以置信。

一直以來都被自己看不起，甚至認定她沒資格當薄家媳婦兒的雙月，卻救了兒子一命，若今天是雪琴進門，可以肯定絕對做不到這一點，甚至沒有幾個女人具有這麼大的勇氣和膽量，想到這裡，薄母不禁垮下肩頭，開始反省過去是不是真的做錯了。

其實雙月的出身再不好，不過……還是有比其他女人強悍的地方，這點自己也不得不承認，至少不管怎麼整她、找她的麻煩，命就是比別人還硬，就像株野草一般，拔了又長出來，怎麼也除不盡。

薄母不禁嘆了口氣，想到要完全接受這個媳婦兒，就是有那麼一點不情願，心裡的疙瘩也還在。

「小的句句屬實。」管事回道。

她稍稍鬆了一口氣。「你先去忙你的吧。」

管事躬身退下，相信其他人也很關心，得去告訴他們。

「阿嫂……」吳夫人等不及地過來問結果。「子淮到底會不會有事？要是他被削了官位，甚至定罪，薄家可就完了……」

萬一薄家真的倒了，女兒和女婿又不能依靠，自己又該何去何從，吳夫人擔心得坐也坐不住、吃也吃不下。

小姑的話讓她當場臉色都變了。「妳就認定子淮有罪？」

「呃……我當然相信他沒做那些事了。」吳夫人趕緊澄清。「只是怕欽差大臣不相信，要把子淮押回京去見皇上。」

薄母哼了一聲。「暫時還不必擔心，欽差大臣給了七日的期限，好讓子淮提出證據，這還多虧了他那個媳婦兒，很賣力地為他求情。」

「真的嗎？」吳夫人一臉悻悻然。「想不到那個賤婢有這麼大的本事。」

現在聽見小姑用「賤婢」兩個字來形容雙月，薄母不知怎麼覺得有些刺耳。「以後別再這麼叫她了。」

吳夫人嘴角一抽。「是，我下次會注意的。」原本還希望她們婆媳不和的，這會兒反而愈來愈偏向那個賤婢。

萬一她們婆媳的感情更好了，自己在阿嫂心中的地位可就要一落千丈，不禁恨得牙癢癢的。

由於只有短短的七日，薄子淮必須提出所有的罪證，好證明自身清白，時間上還是相當緊湊。

雙月自然給予全部的信任，只要當他的後盾就夠了，所以並沒有插手或過問，倒是把奴僕們的慌亂不安看在眼底。

於是，她在思考之後，便請管事將所有的人都召集到偏聽，包括那些廚子、管帳的也一樣，過沒多久，裡裡外外全都擠滿了男男女女，幾乎全都到場了。

她清了清喉嚨，從來沒有當著這麼多人的面「開講」過，多少有些不自在，不過也明白穩定人心是必要的，再怎麼緊張，還是得說。

被數十雙眼睛盯著，雙月從座椅上站起身來，先深吸了口氣。「大家應該都聽說了欽差大臣來到江寧調查貪污索賄一事，心裡一定都很著急，不過我可以很肯定地告訴各位，相公是冤枉的，是有人刻意要抹黑他，我相信他可以在這七天之內提出證明，並且揪出真正知法犯法的人……

「在這七天當中，大家只要做好自己的工作，就跟平常一樣，讓相公可以專心為自己的清白奮鬥，相信我，薄家不會有事的……」她提高音量，讓站在後頭的人也能聽得清楚。

「我想人生的道路不可能從頭到尾都走得很平坦，一定會有起起伏伏，更會有許多困難和坎坷在前面等著我們，就看我們用什麼樣的心態來對待，認為自己過不去，就已經先輸了，只要大家能夠臨危不亂，相信自己一定會度過這個難關，那麼它就沒什麼可怕的……」

雙月這席演說讓所有的奴僕都對她刮目相看，也十分感動，原本驚惶無措的情緒也漸漸安定下來。

這才是真正當家主母的風範。

「我要說的只有這些，現在的薄家很需要大家，讓我們一起共同努力。」她目光熠熠，口氣不可動搖，自己先做到這一點，才有資格要求別人。

在場的人，有的哭了，有的點頭，有的動容。

她露出燦爛的笑臉，也給了所有的人無比的信心。

就這樣，一天又一天過去了。

到了第五天……

「……妳看起來似乎真的一點都不擔心？」薄母觀察了半天，見雙月照吃照喝，好像沒事人似的，忍不住問道：「子淮這幾天連家門都沒有踏進半步，妳也不找個人去打聽看看情況如何了？」

雙月喝了一口茶，好整以暇地回道：「如果我表現得很憂心很焦慮，就代表不相信相公有能力處理這件事，等於是瞧不起他，所以只要按照平常的步調來走就好，讓他能夠安心，就是在幫他了。」

薄母怔了一下，這種說法可是頭一回聽到。「還以為妳前幾天跟大家說的那番話，只是在安慰他們。」

當她從貼身婢女口中聽到轉述，相當不高興，認為雙月越俎代庖，因為當家作主的人是自己，豈能在未經知會下就擅自作主，簡直不把她這個婆婆放在眼底，原本想把人找來教訓一頓。可是接著又聽身邊的彩荷她們說，府裡的奴僕原本還驚慌失色，卻因為雙月這番聲明而不再恐懼害怕，大家都相信薄家不會倒，一定會度過這次的難關，薄母頓時愣坐在椅上，心想這事原本是自己該做的，可是她卻慌了手腳，完全沒了主意，是雙月替她辦到了。

所以，她能責怪雙月嗎？

「當然不是，我是真的這麼認為，也相信薄家一定不會有事，所以婆婆不要太過憂慮，照顧好自己，才能應付可能的意外和變化。」雙月堅信地說。

「我可吃不下。」薄母揉著鬢角說。

她故意挑釁地問：「難道婆婆對自己的兒子沒信心？」

「誰說的？」

「那就多吃一點……」雙月將盛好的蓮子湯推到她面前，佯嘆一聲。「要是婆婆餓壞了身子，相公一定會自責，認為自己不孝，就這樣蠟燭兩頭燒，再健康的人也會撐不下去的。」

「哼！」薄母擺出一副不情願的模樣，舀了口蓮子湯來吃。

「還有點心……這個很好吃……」雙月在心裡偷笑。

雖然還不確定婆婆對她的想法是否改觀了，至少兩人相處起來，已經沒有剛開始那種尷尬和彆扭，也自然多了，這已經算是個好現象。

不過眼下最要緊的是明天，明天就是期限的最後一天了。

經過了這麼多的磨難和考驗，他們絕對可以順利度過這一關。

她在心中向上帝祈禱著。

到了傍晚時分，薄子淮終於回到府裡了。

「吃過了嗎？」見他進房，雙月只關心這個。

薄子淮不發一語，只是張臂擁住她，將頭擱在她的頸窩之間，似乎真的累到連說個話都沒力氣。

「……好好地充電，要充飽飽。」雙月也同樣伸臂摟住他的腰背，給予相公最大的支持。

他閉著眼皮，唇角微微一掀，儘管無法完全理解，可是卻能心領神會雙月話中的意思，從她身上汲取能量。

「今晚留在家裡好好地睡一覺，天大的事等明天早上再處理。」她再捨不得，能幫的還是有限。「精神不好，注意力不集中，更容易出錯。」

「好。」薄子淮將懷中的嬌軀攬得更緊，因為她沒有給自己壓力，什麼都不問，只關心自己這個人，對他來說，已經綽綽有餘了。

其實他最大的隱憂還是家裡會亂成一團，府裡從上到下，個個手足無措、六神無主，可是方才進門，感受到的氣氛與平常無異，所有的人各司其職，做好分內的事，神情也不見半點慌亂。

薄子淮隨口問了小全子，小全子才將前幾天雙月對所有奴僕說的話告訴他，讓他幾乎紅了眼眶。

這就是他的妻子。

相信天底下，也只有雙月才辦得到。

她正在用自己的方式撐起薄家的未來。

待雙月伺候他更衣之後，便讓人把晚膳端進寢房內，還故意用碗公盛了滿滿一碗白飯。她又在白飯上挾了像小山般的菜，然後開口催道：「快吃！」

薄子淮低笑一聲，不過可不敢違抗妻命，乖乖地捧著碗公，一口一口地吃著，還滿臉津津有味。

當妻子的兩手托著下巴，看著老公滿足的吃相，其實也是一種幸福的滋味，雙月不禁這麼想著，可惜自己的廚藝真的不行，搞不好還會害人拉肚子，所以還是不要勉強親自下廚。

見碗公內的飯菜已經解決了一大半，雙月又舀了碗湯，擱在他面前，然後繼續看著，幸福其實很簡單。

他們之間也不需要太多的言語，只要一個眼神、一個笑容、一個小動作，就能意會到對方的想法。

直到薄子淮吃完這頓比平常還多上一倍的飯菜，彷彿體內承受的壓力也全都消失了，臉上的線條不再緊繃。

「吃飽了？」雙月堆滿了笑意。

「吃飽了。」他握住雙月托著下巴的小手說。

她揚高嘴角，也用力回握著。

「怎麼不問我證據都找齊了嗎？」薄子淮淺笑地問。

「因為我相信你，所以不問。」她說得理所當然。

薄子淮眼底的笑意轉深，似乎很滿意雙月的回答，不過接著彷彿想到了什麼，神情又稍稍透著一抹憂心，雖然很淡，她還是看出來了。

「怎麼了？」雙月將自己的另一隻手也覆在彼此交握的雙手上。

他沈吟一下。「我想……雖然這回是被人刻意栽贓誣陷，不過還是難逃監督不力的責任，說不定會被降職處分。」

「可以不用當官了嗎？」雙月興沖沖地問。

雙月的反應沒有讓他失望，薄子淮低笑幾聲。「妳就這麼希望我不要當官？」也只有她會這麼想。

「能不當就不要當，想為百姓做事，也不一定非做官不可。」她的歷史雖然唸得不太好，不過也知道在下一任皇帝上台之後，將會掀起一場腥風血雨，自然希望薄家能避開，不要被捲進其中。

「這事全看皇上的旨意，不是我能決定的。」他對官位也看得很淡，只是單純地想為百姓做事，而為官是最快也最直接的方式。

她聳了聳肩頭，一臉無所謂。「就算以後真的不當官，而是在路邊賣菜，我也一樣會跟著你去擺地攤……對了！說不定我們可以買一塊地，自己學種菜，而且是不灑農藥的有機蔬菜，我可以來做環保先鋒，從現在開始就灌輸大家環保的觀念，這樣也不錯……」

「即便被削去官職，我也不會讓妳落魄到必須拋頭露面去路邊賣菜。」聽她說得煞有其事，薄子淮一臉好氣又好笑地打斷她的想像力，不過能像雙月這麼豁達，又看得開，可不是每個女人辦得到。

雙月白了他一眼。「你可不要小看賣菜的，在未來的世界，就有很多人專門在種有機蔬菜，靠它賺錢的。」

「有這種事？」他半信半疑地笑問。

她笑哼。「不要懷疑。」

「我不是在懷疑妳的話，而是難以想像。」薄子淮笑著澄清。「無論如何，讓妳和額娘過舒適安逸的日子是我的義務和責任，我絕不會讓妳去賣菜的。」

「……是，就全靠相公了。」雙月最後選擇嚥下舌尖的話，不想跟古代男人爭辯這種小事，因為有些價值觀是很難在一夕之間改變的。

「交給我。」薄子淮面容嚴肅地頷首。

在雙月的觀念裡頭，一個家的建立是需要夫妻倆共同去打拚，而不是丟給其中一方負責，不過見薄子淮這麼希望自己能依賴他，那麼她也樂意多依賴他一點，或許對當相公的來說是種鼓勵。

她還在摸索如何當個好妻子、好媳婦，這項課程真是門高深的學問，恐怕是一輩子都學不完。

終於到了第七天，薄子淮將搜集齊全的罪證呈給擔任欽差大臣的禎貝勒，由他來定奪。

廳內瀰漫著凝重低沈的氣氛，令人連大氣都不敢喘上一口。

過了許久，禎貝勒終於擱下手上要呈給皇上的奏摺，奉旨為欽差大臣的他，得以先行過目。

「……即便這些證據真的足以證明了你的清白，不過你糾舉不周，還是難逃其責。」禎貝勒厲聲地說。

薄子淮拱起雙手，躬身回道：「下官明白。」

「我也算是了解你的為人，不相信你會做出知法犯法之事，若非如此，早就二話不說，先將你押解回京。」他恩威並施地說。

「貝勒爺恩德，下官銘記在心。」薄子淮屈下單膝，以表心意。

禎貝勒端起茶碗，啜了一口。「起來吧……我先將這些罪證帶回京去，恭請皇上過目，至於會如何發落，你就靜待旨意吧。」

「多謝貝勒爺。」他回道。

擱下茶碗，禎貝勒將几案上那疊收賄的帳本和細目等重要證物交給隨行的人，準備離去，不過才走了兩步，又想到什麼。

「還有跟你的夫人說，之前欠下的人情已經還清了。」自己也並非寡恩無情之人，救了嫡長子的恩情，還是會報答。

說完，禎貝勒便大步地離開了。

而薄子淮也率領數位部屬，恭送欽差大臣一行人離去。

直到馬車消失在眼簾，在場的部屬和士兵不約而同地發出歡呼。

不過薄子淮臉上卻沒有太明顯的喜色，不是為了可能降職，或是處分的事，而是衷心希望這次的風波能盡快過去。

他要趕緊回家，好讓妻子能夠安心。

果不其然，就在薄子淮踏進家門那一刻，就見雙月癡癡地站在那兒等他。

「你回來了。」

「我回來了。」

只不過是再簡單再平凡不過的對話，對他們來說卻是彌足珍貴。

「禎貝勒相信你的清白了。」雙月很肯定地說。

薄子淮上前牽起她的手。「就算他相信，最後還是要由皇上來聖裁。」

「如果皇上還是不信，我就跟你一起去見他。」夫妻就是要禍福與共。

「我知道妳會的。」他笑得溫柔。

「婆婆很擔心你，去跟她報個平安吧。」雙月拉著相公，一同前往西邊的院落。

無論還要面對多少劫數，她都不會認輸的。

第九章　歸程

半個月很平安地過去了。

雙月跟平常一樣，準備去陪婆婆一起吃午飯。

「夫人……」小惜在她臨出房門之前，不經意地提起了件事。「妳的葵水好像晚了好幾天沒來，有沒有哪兒不舒服？」

她愣了一下，最近因為事情太多，都沒有注意到。

「要不要找大夫來把個脈？」小惜心想該不會是有喜了。

「再等個幾天看看好了。」雙月擔心會跟上次一樣，只是因為壓力太大才會遲到，希望抱得愈大，失望也會更大。

小惜頷了下首，就不再多說了。

步出房門，雙月把手心貼在依舊平坦的小腹上，這才想到那天訂下兩年約定，忘了把孩子考量進去，真是一大失策，萬一真的懷孕了，根本不可能拋下孩子，一個人離開薄家。

如果兩年一到，婆婆還是無法接受自己，她該怎麼辦才好？

於是，雙月決定等一下找個機會試探婆婆的口氣。

當主僕倆來到薄母居住的院落，就見碧玉也正巧迎面走來，見到她的到來，這才露出一抹喜色。

「夫人總算來了，奴婢正要去請妳呢。」

「怎麼了？」雙月疑惑地問。

碧玉用袖口摀住嘴，噗哧一笑。「老夫人左等右等，就是等不到夫人過來，於是在那兒發脾氣，說夫人是不是存心想餓死她……」

「呃……」她還沒意會過來。

「老夫人已經習慣跟夫人一塊兒用午膳了。」碧玉又笑了一聲。「只是嘴巴上數落個兩句，不想讓人看出來罷了。」

雙月暗喜在心。「原來是這樣。」

這代表婆婆已經慢慢地在接受她了，至少不再排斥和她同桌吃飯，這樣的轉變已經是很大的進步了。

待雙月踏進小廳內，就見婆婆擺了副臉色給她看。

「我來晚了，請婆婆見諒。」她先開口道歉。

薄母嗤哼一聲。「還以為妳故意要把我餓死。」

「怎麼會呢？」雙月真心地笑說。「我這個媳婦兒都還沒有開始孝順婆婆，當然是希望婆婆能夠活得長長久久。」

薄母又佯哼。「也不知道是說真的還是假的？」

「婆婆信不信都無所謂，我會用行動來證明的……」她親自為婆婆盛了碗白飯，雙手奉上。「婆婆請用。」

面對雙月的殷勤招呼，薄母還是擺了下架子，才端起碗來。

婆媳倆各懷心思，默默地用著飯菜。

一直到用過了膳，婆媳倆坐在几案旁喝茶，雙月才決定趁這機會開口。

「彩荷，可以麻煩妳們先出去嗎？」她無法收回立下的兩年之約，也無法臨時更動，那只會前功盡棄，讓婆婆更加不信任自己，只好「將計就計」了。

彩荷和其他婢女望向薄母，得到了首肯，這才退出廳外。

「……這段日子，婆婆一直遵守我們之間的約定，我真的很高興，約定的時間一到，我也會依照承諾離開薄家的。」雙月用最誠懇的口吻說。

聞言，薄母神情有一絲動搖，不過還是嘴硬地說：「最好是這樣。」

「還有另外一件事想要拜託婆婆……」她垂下眸子，有些感傷地說：「如果在這兩年當中，我有了孩子，希望不要交給嬤嬤，而是婆婆親自來帶這個孫子。」

薄母心頭猛地一驚。「妳……妳有喜了？」

「只是『那個』晚了好幾天還沒來，所以才會想是不是有了，萬一真的懷孕了，只希望婆婆能親自帶這個孫子，總比交給外人好。」雙月懇求地說道。

「為什麼？」這個要求讓薄母感到納悶。「在兩年的約定到來之前，我可沒有不准妳帶孩子。」

雙月搖頭苦笑。「可是這麼一來，我會更捨不下孩子，孩子也會黏著我，萬一到時不想離開薄家，那該怎麼辦？所以最好的辦法，就是不要跟孩子太親近了，可是交給嬤嬤又不放心，所以才希望婆婆親自來帶。」

「這……」

她不禁紅了眼眶。「孩子身邊沒有娘親，雖然很可憐，但是至少還有奶奶會疼他愛他，希望婆婆能答應我的請求。」

「我、我答應妳就是了。」薄母不明白自己為何猶豫了？她願意捨下孩子離開薄家不是很好嗎？

「謝謝婆婆成全。」雙月將婆婆的遲疑不決看在眼底，若是之前，絕對是不假思索地點頭同意，甚至還會擺出勝利的表情，也會很得意能將她逐出大門，可見得兩年之約這個計劃開始發生作用了。

現在只有等婆婆想通，主動開口要她留下來，她衷心祈望地忖道。

就在雙月離去之後，薄母還坐在原位，陷入天人交戰之中。

這麼做真的對嗎？

其實……她已經不再像之前那樣無法接受這個出身不好的媳婦兒了，甚至也慢慢習慣雙月天天來陪她用膳，雖然談不上百依百順、柔順聽話，偶爾還會頂嘴，不過這樣的日子也不至於太沈悶。

薄母大為苦惱，因為事情跟原本預想的完全不一樣了。

「現在沒空想這些事，還是趕緊把大夫請來，確定是不是有喜了再說……」說著，她立刻命人去辦。

於是，不久之後，大夫被請進府裡來了。

「怎麼樣？是不是真的有喜了？」薄母迫不及待地問。

大夫沒有回話，專心地把脈，以免診斷有誤。

而雙月也同樣屏住氣息，等待最後的結果宣佈。

「……恭喜老夫人。」大夫的道賀聲讓所有的人轉憂為喜。

「你真的確定？」薄母按著心口，滿臉驚喜。

「是，夫人的確有喜了。」大夫很肯定地說。

薄母雙手合十地說：「真是太好了……薄家總算有後了……」

在這一剎那，雙月鼻頭也不禁泛酸，有股想要大哭一場的衝動，她肚子裡真的有寶寶了，自己就要當媽媽了，這不只是血緣的延續，也因為有了孩子，責任更重大，要開始學習為另一個生命負責。

原來這種既沈重又歡喜的滋味，就是當了媽媽的感覺，雙月似乎有些懂了，也許不是每個女人都能承受得起這種壓力，所以有人才會選擇放棄。

雙月這一刻終於釋懷了。

這個孩子讓她打開了心中的結。

傍晚過後，才剛回府的薄子淮聽說了這個好消息，表情既驚又喜，那種心情是無法用言語來形容。

「雙月……」他馬上回房。

她想要親口告訴相公。「我們有孩子了。」

薄子淮激動地說不出話來，只是張臂擁緊妻子。

「這個孩子的到來，可以證明薄家和你的命運已經被改變了。」雙月相信一定是這樣的，否則鬼阿婆口中的菩薩不會讓她懷上這個孩子。

所以她已經通過考驗了。

「謝謝……」淚水瞬間在他的眼眶中打轉。

「謝什麼？」她也哽咽了。

他用力地吸口氣。「謝謝妳為薄家所做的一切。」如果沒有雙月的努力不懈，根本不會有今天。

「不客氣。」雙月又哭又笑地說。

陰霾總是會過去，一切都會否極泰來的。

一個多月後——

雖然已經秋天，氣溫還是相當熱。

「沒有必要的話，就待在屋裡，有事派個人去做就好，不需要自己動手。」薄子淮每天早上出門之前，總要殷殷囑咐，生怕有個閃失。

雙月也千篇一律地回答：「好，我知道。」

「唉。」他還不瞭解妻子？只會在嘴巴上說好，卻沒有一次做到。

她被相公無奈的表情給逗笑了。「我也很想待在屋裡畫圖，不過帶來的2B鉛筆都用完了，沒事做真的很無聊。」

想到現在肚子還不明顯，也沒有不舒服，吃睡又正常，卻要她從早到晚都關在房間裡，那不瘋掉才怪。

薄子淮又嘆氣了。

「不要一直嘆氣，這樣會很快老的，以後別人看你抱著兒子，還以為你是老來得子。」雙月掐著他的兩頰，揶揄地笑說。

他不禁失笑。「先是老夫嫩妻，現在又老來得子，我真有這麼老嗎？」

「你再多嘆幾口氣就有了。」她說。

「反正我說不過妳……」薄子淮一臉哭笑不得，輕擁著妻子依然纖瘦的腰說：「總而言之，自己要小心。」

原以為這輩子都不會娶妻，也沒有子嗣可以傳承薄家的香火，如今擁有了最愛的女人，這個孩子更加是得來不易，難免就會患得患失，恨不得時時刻刻守在妻子身邊，這種心情可是他從來沒有過的。

雙月也只好答允了，畢竟這個孩子攸關薄家的未來，確實不能大意。「我答應你會乖乖待在房裡，不會到處亂跑，你就安心去上班吧。」

「好。」他沒有馬上鬆手，想再多抱一會兒。

她又想到一件事。「對了！皇上罰你三年沒有薪水可以領，我想家裡還是省吃儉用一點，不要太浪費了。」

就在十日前，皇上的旨意傳來，雖然相公的清白得到了平反，證明遭到有心人惡意誣陷，可是也因為糾舉不力，得受重罰，不過這種懲處已經算很輕微了。

「薪水？」薄子淮挑起一道眉梢。

「就是你們所說的……俸祿。」雙月還在學習這些古代名詞。

他頷了下首。「這種事妳跟額娘決定就好。」

「我會找機會跟婆婆提的。」要不是當官的講究門面，雙月真希望換小一點的房子，根本不必住到這麼大，光是一個月的開銷就很嚇人了。

「自從妳有喜之後，額娘似乎真的接受妳這個媳婦兒，怕妳動了胎氣，還不要妳過去請安，反而是她主動過來看妳。」他很高興這種轉變。

「是啊……」雙月拉長的尾音有些苦澀。

她不是沒有感覺，可那也是看在孩子的分上，除非婆婆親口說出要自己留在薄家，否則並不符合當初約定的條件。

「不要心急……」以為她是在擔心，薄子淮柔聲地安撫。「等孩子出生之後，就會完全接受妳了。」

雙月頷了下螓首，告訴自己，只要真心付出，只要不放棄，一定可以拆掉婆媳之間的那道圍籬，成為一家人。「我知道。」

「那我出門了。」他說。

她送相公到門外，凝望著他離去的頎長身影，臉上漾著幸福的笑。

一切似乎真的開始漸入佳境，擋在面前的困難也一一排除，只要肚子裡的孩子能平安健康的長大，再也沒有其他奢求了。

直到用晚膳的時間，小惜端著飯菜進來，似乎有話要說。

「夫人……」

「嗯？」她把之前畫的圖收進櫃子內。

小惜不確定要不要告訴她。「奴婢方才聽其他人說，表小姐派人來了……」

「然後呢？」雙月想起薄子淮曾經說過吳雪琴的相公待她不錯，只要她能好好珍惜，應該不會有問題。

「聽說……表小姐小產了。」小惜吞吞吐吐地回道。

雙月一愣。「她懷孕了嗎？」之前並沒聽說過。

「好像是小產之後才發現原來已經有喜了，所以表小姐受了很大的打擊……」小惜不禁有些同情。「姑奶奶聽說了這個消息，哭得好傷心，老夫人一整個下午都在房裡安慰她。」

一個母親失去孩子的心情，雙月多少也能夠體會了，換成是自己，同樣無法接受。「這時候我該做什麼？現在過去探望姑母嗎？」

「姑奶奶這會兒心情相當不好，誰也不曉得會說什麼話、做出什麼事來，夫人又懷有身孕，還是先別過去，等她平靜下來再說。」小惜忙道。

她輕頷下首。「也對。」

「夫人就先用膳，可別餓到孩子。」小惜將飯遞給她。

雙月有些食不知味的吃著，不管吳雪琴曾經怎麼對待自己，都已經過去了，想到對方的遭遇，總希望能做點什麼。

因為跟別人相比，她已經很幸運了。

這個想法讓雙月對過去的事不再有一絲介懷。

到了隔天……

在想了一夜，也跟薄子淮討論過之後，雙月決定用娘家的身分，派人送補品去給吳雪琴，不過還是要尊重婆婆的意見，於是主動去找薄母商量，才踏進屋裡，就見趙嬤嬤也在場。

「婆婆。」她開口喚道。

見雙月進門了，薄母馬上招呼她坐下。「怎麼過來了？妳現在可是有孕在身，別累著了。」

沒有人注意到趙嬤嬤的神情掠過一抹陰冷。

「我會注意的……」雙月落坐之後，目光不由得瞥向趙嬤嬤，還是要表達關切之意。「姑母心情好多了嗎？」

趙嬤嬤垂著眼，並沒有看她。「已經好多了。」哼！還真會假惺惺。

「好了，妳先回去吧，勸她多少吃點東西，要不然身子挺不住。」薄母囑咐著趙嬤嬤。

「是。」回了一聲，趙嬤嬤便出去了。

直到走了幾步遠，趙嬤嬤才抬起頭，眼底流露出冰冷的光芒，想到雪琴小姐是自己看著長大，就像親生女兒一樣，總是盼望將來嫁了人之後能得夫家疼愛，能夠過著優渥的好日子。

可是自從這個叫雙月的賤丫頭出現之後，所有的事都被打亂了，現在雪琴小姐肚子裡的孩子沒了，她卻可以母憑子貴的坐穩薄家媳婦兒的位置，趙嬤嬤愈想愈不甘心，愈想愈恨。

如果她沒有出現該有多好……

怎麼可以讓這賤丫頭得到全部的好處？

待趙嬤嬤回到主子的房裡，見吳夫人披散著頭髮，一副病懨懨地半臥在榻上，更覺得都是雙月害的。

「我連最後一點指望都沒有了……」吳夫人不禁淚流滿面，原本還巴望著女兒能幫夫家生個兒子，自己也會有面子，結果卻小產了，教她如何能接受？

「還會有的……一定還會有的……」趙嬤嬤一面安慰主子，一面跟著哭。

「雪琴的身子一向就不好，萬一肚子再也沒有消息，被夫家給休了……」說到傷心處，吳夫人哭聲愈淒厲。「我的命好苦……」

見狀，趙嬤嬤也只能抱著主子，安撫她的情緒，拭著眼角說：「別淨往不好的地方去想，絕不會發生那種事的……」

吳夫人不禁大聲地為女兒抱屈。「同樣都是有喜，為什麼那賤婢就沒事，我的女兒卻保不住孩子？上天真是不公平……」

「剛剛見到那賤婢，不但氣色紅潤，精神還好得很，聽她嘴巴上表達關心，誰知心裡是不是在偷笑。」趙嬤嬤不禁嘲弄地說。

「呸！」吳夫人氣得臉孔扭曲。「我可不稀罕她的關心！」

趙嬤嬤冷笑一聲。「沒錯，咱們不需要。」

「不給她一點苦頭吃，讓她受點罪，那賤婢還真以為從此高枕無憂，可以在旁邊看咱們笑話了。」她陰狠地哼道。

伺候了大半輩子，趙嬤嬤心裡很明白這句話背後的意思，自然要想辦法為主子出這一口怨氣。

半個時辰後，就見她鬼鬼祟祟地從小門出去，不過就算被府裡的奴僕瞧見，也沒人敢開口過問行蹤，一直到天色暗了才回來。

數日後——

「……不要板著臉，笑一個。」難得相公今天不用上班，雙月當然要拖著他一起去陪婆婆吃午飯。

「早上不是才去過？」薄子淮一臉無奈地牽扯著嘴角。

儘管額娘這陣子確實改變了不少，不過打了二十多年的心結，也不是那麼容易就全部解開。

「早上是早上，中午是中午……」她笑吟吟地說。「晚上是晚上。」

聞言，薄子淮重重地嘆了口氣。

雙月眼底堆滿笑意。「你可是一家之主，要振作一點，不要老得太快。」

「別只顧拉著我，走路小心一點……」他還得幫她看路。

不想讓他操心到頭髮真的白了，雙月這才放慢腳步，淡然地說出自己的想法。

「就算你心裡還有疙瘩，也先擺在一邊，因為一家人能一塊兒吃飯，真的是件很幸福很難得的事，就當是為了我好了。」

聽到雙月這麼說，薄子淮心一下子就軟了。

「為了妳，我願意做任何事。」他深情款款地說。

她盈盈一笑。「我知道。」

這個男人真的很愛她，雙月沒有絲毫懷疑。

「肚子要是不舒服，得馬上派人去請大夫，可別忍著不說。」薄子淮望向她的小腹，因為還看不出隆起，所以尚未有即將為人父的真實感。

「我覺得這個孩子很乖很聽話，害我有時都忘了自己懷孕了。」除了MC沒來之外，每天吃得多也睡得好，就跟平常沒兩樣。

薄子淮不禁莞爾。「沒有太折騰妳是好事，不過也別太輕忽了。」

「是、是、是，我才不敢大意，免得又有人成天嘆氣，老得更快了。」雙月滿臉幸福地回道。

「多謝夫人體諒。」他一臉失笑地拱手說。

她也跟著拱手拜了拜。「哪裡、哪裡。」

夫妻倆不由得又相視而笑。

片刻之後，當他們相偕來到，薄母費力掩飾臉上的喜悅之色，表面上裝作不在意，不過聽她催促著婢女上菜，還是能感受到她的好心情。

雙月看著菜都上桌之後，肚子也開始叫了。

「妳現在有孕在身，要多吃一點……」薄母主動挾了塊雞肉給她，動作十分自然，看不出半點勉強。

其實薄母只是嘴巴上不肯承認，內心早已漸漸地接受雙月這個媳婦兒了，就算出身不好，又老愛跟自己唱反調又如何？若不是她，兒子又怎麼願意經常來陪她用膳，就算還是有些不情不願，至少母子關係有了很明顯的改善。

直到現在，薄母才明白自己有多渴望跟兒子親近，聽他開口噓寒問暖，看來自己真的老了，爭了一輩子、吵了一輩子又得到了些什麼？不但失去夫婿，連一雙兒女都巴不得離她愈遠愈好，跟小姑相比，她已經擁有很多了不是嗎？

也因為這個念頭的轉換，讓扎在薄母心頭上那一根又一根比刀子還要尖銳的刺，全都自動脫落了。

「謝謝婆婆。」雙月想著就算只是為了孫子才關心，也是值得高興的。

不過薄母想通歸想通了，可是要她以後留在薄家這句話，到了嘴邊，還是礙於顏面，怎麼也說不出口。

薄母輕咳一聲。「好了，吃吧！」還是再找機會說吧。

就這樣，一家三口……不，包括未出世的孩子，一家四口圍坐在桌旁吃飯，雙月分外珍惜著眼前的畫面，因為這是以前連想都不敢想的情景。

以後不必再一個人吃飯了。

有家人真好。

薄子淮見雙月笑得開心，他還計較些什麼？一家和樂才是最重要的。

直到吃得差不多了，紫鴛正好端了碗散發著中藥味的補湯進來，然後把碗擱在雙月面前。

「聽說這帖安胎藥很有效，連喝個幾天，保證孩子生出來健健康康的……」薄母眉開眼笑地催著。「快趁熱喝了。」

這下子讓雙月很為難。

就算沒有知識，也有常識，何況她還常看電視和上網，知道懷孕不能亂吃藥，可是如果不喝，婆婆恐怕會認為一片好意被踐踏了，搞不好婆媳關係又倒退回到了原點。

「呃……」她用眼神向身邊的相公求救。

「她不想喝就算了。」薄子淮接收到她的求助目光，開口解圍。

薄母頓時有些不太高興了。「怎麼？只不過是安胎藥，難不成你們還懷疑我會害自己的孫子？」

「我不是這個意思……」雙月在心裡嘆口氣，就知道婆婆會這麼說，誰來教教她遇到這種事該怎麼處理。「只是我不太敢喝中藥……」

「就算不敢喝，也要為孩子著想。」薄母不認為這麼一點小事有多難克服。

薄子淮皺起眉頭，不希望見到妻子有一絲勉強，正想開口。

「我喝就是了……」雙月輕輕地朝他搖頭，制止相公，免得還很脆弱的母子、婆媳關係又垮了。

她心想喝了這一碗之後，就裝出嘔吐難受的模樣，相信婆婆以後應該就不會再強迫她喝安胎藥，目前也只想到這個應變之道。

於是，雙月舀了一口，吹涼之後慢慢喝下，見婆婆終於轉怒為喜了，只能祈望不會對胎兒造成影響。

在婆婆的監督之下，她心中忐忑地喝了半碗多，才要假裝不舒服，卻發現根本不用演，已經開始覺得呼吸困難、心跳加速，接下來肌肉也漸漸僵硬了。

「呃……」雙月滿臉痛苦地往後倒，想要發出聲音，卻叫不出來。

薄子淮大驚失色，及時伸臂抱住她。「雙月……快去請大夫……」

幾個負責伺候的婢女慌了手腳，有的急匆匆地往外跑，有著則是在旁邊乾著急，已經亂成一團。

而躲在外頭偷看的趙嬤嬤，不禁露出滿意的詭笑，喝下了劇毒，就不信孩子保得住，最好連大人的命也救不回來。

「怎麼會這樣？」薄母也嚇得臉色慘白，只能用力握住雙月的手，拚命責怪自己。「大夫明明跟我保證這帖安胎藥沒問題的……我不該要妳喝的……為什麼我就非得要妳喝下不可？這下該怎麼辦？」

而此時的薄子淮眼裡只有懷中痛苦呻吟的妻子，什麼也聽不見。「大夫就快要來了……妳一定要撐下去……」

相公……救救孩子……

好難過……我不要死……我也不能死……

雙月感到呼吸困難，全身麻痺，在失去意識之前，在心中大聲地吶喊。

不知何時，一道若隱若現的老婦身影也在旁邊急得團團轉，因為根本沒預料到會出這種事。

薄家的命運不是已經改變了？莫非這是菩薩在考驗自己？眼看雙月等不及大夫到來，就快熬不住了，她必須作出抉擇，是要眼睜睜地看這個丫頭死去，還是……讓一切回歸到原本的命運軌道上。

「不要離開我……」薄子淮哽聲哭喊。

似乎聽見相公的呼喚，雙月眼角不禁滑下淚來。

薄太夫人緊閉了下眼皮，接著舉起手上的龍頭枴杖，用力一揮，四周的空間出現無數個光點，迅速凝聚，形成一條時光隧道……

「啊……」

下一秒，雙月發現自己可以叫出聲了。

她幾乎是立刻張開雙眼，本能地坐起身來，瞪視著周遭有些陌生、又有些熟悉的擺設，頓時傻眼了。

這裡是……她在現代所租的房子？

雙月從地上驚跳起來，低頭看見自己穿著成套的休閒服，並不是清朝婦女所穿的服飾，更別說頭髮，也只用鯊魚夾固定，足足有五分鐘，腦袋一片空白。

「我為什麼……會在這裡？怎麼突然又跑回來了？」她口中低喃著，然後想到肚子裡的孩子，於是把手心覆在小腹上。「奇怪？剛剛肚子還絞動得很厲害，怎麼現在一點感覺都沒有了？」

她先是愣在客廳裡，下一秒就開了鐵門衝出去。

來到公寓外頭，見到的場景讓雙月暈眩，街坊鄰居、機車、腳踏車、附近正在興建的電梯大樓，還有電視上正在播報新聞的聲音，全都不可能在清朝出現。

這裡真的是……現代？

「我真的回來了？」雙月口中自言自語。

頓時之間，她有些腳軟了，慢吞吞地爬上樓，失魂落魄地回到屋內。

「對了！」雙月馬上打開電腦，看到上頭顯示的日期居然還停留在她穿越到清朝的那一天。

「難道……我是在作夢？」

不可能！她在清朝待了一年，是如此真實，其間有歡喜、有悲傷、有痛苦、也有喜悅，不可能只是南柯一夢。

「也就是說我和薄子淮根本不曾相愛，更沒有見過他，甚至……連孩子也不曾存在過？」

臉上的血色陡地盡褪，她撫著平坦的小腹，淚水又撲簌簌地往下掉。「不可能……不可以這樣子……」

雙月對著空無一人的客廳大聲吶喊。「我好不容易有了一個家，還有家人，甚至有了孩子，怎麼可以不說一聲，又把我送回現代？」

鬼阿婆？

她下意識地摸向鎖骨的位置，很快地拉出掛在脖子上的那塊琥珀。

「它還在的話，就表示我不是在作夢……鬼阿婆，拜託妳出來好不好？快點送我回清朝……快點送我回家……」

對！這裡不再是她的家，她的家在清朝，在自己所愛的男人身上。

「鬼阿婆……不然我叫妳一聲祖奶奶好了……求求妳快點送我回家……」不管雙月怎麼哀求、哭喊，琥珀裡的小蟲子就是一動也不動。

自己是不是再也回不去了？雙月頓時失去全身的力氣，癱坐在地上，任由淚水不斷地滑落，卻無知無覺。

此時此刻的她，除了哭泣，除了大叫，已經不知道該怎麼辦了。

要怎麼做才能回去？

她要回家！

就這樣，雙月哭到都睡著了。

等到她昏昏沈沈地醒來，已經是晚上，路燈的光線從窗外照進來，讓雙月得以看清周遭的擺設，一顆心不禁空空蕩蕩的。

這不是在作夢，自己真的回到原本的世界。

為什麼會發生這種事呢？

雙月圈抱著膝蓋，一動也不動的坐在昏暗當中。

一定要回去……

想到這兒，雙月用手背抹去再度滾下的淚水。「就算哭乾了也沒用，現在要做的就是冷靜……先冷靜下來想一想，絕對可以回去的，不可以放棄……」

她在牆壁上摸索，終於將天花板的燈給摁亮，一眼就看見書架上和地上那一疊疊的漫畫，卻已經連去翻閱的衝動都沒有。

對現在的雙月來說，最重要的不再是這些漫畫，而是她最愛的男人，還有曾經待在自己腹中的孩子。

她不能失去他們。

於是，雙月跪下來向上帝禱告，祈求祂讓自己回到該回去的地方，那裡才是她真正的歸處，是她的家。

不知過了多久，她又迷迷糊糊地睡著了。

一整個晚上，雙月時睡時醒，每次懷著希望醒來，然後又面對失望，那種痛苦和煎熬讓她的心都像要被撕裂了。

天終於亮了。

雙月的肚子咕嚕咕嚕的叫著，可是她卻沒有胃口，腳步有些虛浮的走進浴室，先洗了把臉，又看了一眼鏡中的自己，蒼白黯淡的臉頰、無神的雙眼，像是快死了一樣，一點都不像本來的她。

是不是因為喝了那碗安胎藥，害得她瀕臨死亡邊緣，而自己又命不該絕，才會回到現代嗎？這個念頭突然冒出來。

在沈澱一夜之後，雙月不得不試著抽絲剝繭，把原因揪出來。

她掛好毛巾，一臉若有所思地走回客廳，很自然地坐在電腦前面，因為不小心觸碰到滑鼠，螢幕上的桌面出現，才發現有封媚兒。

「是長腿叔叔寄來的……」以往都要過上一、兩個月才會收到回信，這次還真快，於是打開信箱，裡頭只有簡單幾句話。

有收到就好，希望妳會喜歡這份生日禮物……

雙月不禁想到長腿叔叔曾經鼓勵自己，只要有堅定的信念，無論成功或失敗，都不要逃避，讓她又振作起精神，很快地在鍵盤上敲打著。

親愛的長腿叔叔，我真的很喜歡這份生日禮物，也因為有它，讓我變得比以前還要堅強，無論面對再大的困難，都會勇敢地接受挑戰，也一定會好好活下去的……

謝謝你一直以來的照顧，我永遠不會忘記長腿叔叔所說的每句話……

願上帝保佑長腿叔叔身體健康……

雙月確定沒問題之後，便把信寄出了。

既然不放棄回家的希望，就要相信上帝這麼安排必有祂的用意，不過到底是什麼呢？總要給一點提示。

不管是哪一教的神，都自以為有權力考驗他們這些凡人，卻一點都無法體會什麼叫痛不欲生、什麼又是肝腸寸斷。

根本就叫自私，她忍不住在心裡偷罵。

「先去吃飯好了。」填飽肚子，思路應該會清楚些。

她回房拿了錢包和機車鑰匙，到最近的速食店吃早餐，連喝了兩杯咖啡，精神總算好多了，透過玻璃窗，看著外頭人來人往，總覺得有種格格不入的疏離感，好像自己不再是屬於這個世界的人了。

鈴鈴鈴……

在速食店坐了一個小時，還沒走進家門，就聽到電話響了。

雙月匆匆忙忙地接了起來，是出版社的編輯打來的。

「呃，我還沒開始動筆……」她不確定什麼時候可以回到清朝，萬一又跟上次一樣，什麼都沒交代就離開了，對出版社和讀者也會過意不去，於是想到一個法子。

「……什麼？妳要給我休刊？」編輯的怒吼聲刺穿她的耳膜。

她把話筒拿遠一點。

「不、准！」

「我也不想休刊，可是遇到瓶頸，也是沒辦法的事……」雙月也只能用這個藉口，真的不是故意要說謊的。「為了給讀者更好看的故事，休刊也是必要的，《魔法小女傭》也連載了兩年，雖然反應還不錯，可是總覺得缺乏高潮起伏，所以才想利用這次休刊，到處走一走，尋找靈感。」

編輯靜默了下。「妳打算休多久？」

「大概……一年。」她小聲地回道。

「好吧，我先跟上頭說一下……」編輯又叨叨絮絮的交代，要雙月隨時保持聯絡，不能找不到人，這才掛上電話。

雙月嘆了口氣，才掛斷電話。

鈴鈴鈴……

「喂？」她隨手接了起來，原來是「回家基金會」裡的事務人員打來的，因為認識好多年了，像朋友也像家人。

「劉阿姨，好久不見了……」她唇畔的笑意轉為驚訝。「我媽昨天打電話去基金會，說她想見我一面？」

對方自然希望雙月能主動踏出一步，和原生家庭接觸，面對過去的陰影，也是一種治療過程，所以想要說服雙月，沒想到她一口答應了。

「好，我願意去見她……」雙月不假思索地同意了。「她跟妳約什麼時候？明天下午兩點嗎？沒關係，我一個人過去就可以了……」

於是，她把地址寫在便條紙上，也跟對方道了謝。

想到她們母女已經將近有十年沒有見面了，如果沒有這趟穿越之旅，解開心中的結，雙月也許一輩子都不會想要見到她。

對於媽媽的袖手旁觀、見死不救，一直以來都讓雙月耿耿於懷，難道自己不是她的親生女兒嗎？女兒不比她的婚姻重要？也比不上那個男人嗎？

只因為以前的她總是以一個當女兒的心態來看待這件事，總認為父母都應該愛自己的孩子，那是天經地義的事，直到自己懷孕，當了媽媽之後，身分上才做了轉換，可以用一個當母親的想法來分析它。

親情並不是完全靠血緣來聯繫，而是用「心」在連結，如果有這個心，也可以去愛別人所生的孩子，一旦沒有它，就算是親生的，還是無法真心付出，所以雙月不再怪她，只能說她們沒有母女的緣分。

「她要見我……」

難道這就是上帝安排她回到現代的用意，為了讓她們母女再見一面？

如果是，她很感謝有這個機會。

「明天下午兩點才能見到……」雙月先將便條紙貼在牆上，瞪著電腦螢幕，腦子閃過一個念頭，於是在鍵盤上敲打出「清朝」、「漢軍旗人」、「兩江總督」這幾個關鍵字。

才一下子，就搜尋出好多筆資料，接著雙月看到幾篇大清皇帝實施「出旗為民」政策，採用鼓勵但不強迫的方式，可以選擇要不要出旗的文章，於是很認真地看完。

接下來，她又加入了「薄子淮」三個字，不過資料不多，找了半天才有短短幾行字。

「薄子淮……清朝漢軍旗人，官銜……兩江總督兼兵部尚書……為官清廉、剛正不阿……因積勞成疾，臥病不起，膝下……無子……生於……卒於……」才唸到這裡，雙月已經泣不成聲了。

就因為她回到最初的起點，所以歷史並沒有被改變，薄子淮依然沒有活過二十八歲，也沒有留下子嗣，自己的努力只剩下一場空。

她必須回去！

「我要回去……我一定要回去……」雙月啜泣地說道。

無論用什麼方式，她都要回去。

第二天下午，雙月循著便條紙上的地址，騎了大概將近三十分鐘，途中還有點小迷路，最後終於來到這片位在山腰的豪華社區。

她不太清楚這些年來母親的狀況，只記得當年控告意圖侵害自己的繼父，因為對方在政界的背景，加上連親生母親都不挺自己，還反過來為對方辯護，法院最後並沒有將那個男人定罪，就算輿論韃伐，也拿他無可奈何。

直到五年多前，雙月在報紙上看到那個男人傳出和黑道有利益掛鈎，接著又被爆外面有私生子，然後和妻子離婚，接著選舉失利的負面消息，當時還想根本就是現世報。

來到目的地之後，雙月站在社區大門外，看著裡頭一棟棟的建築物，心想母親現在是一個人住嗎？還是再嫁了？

「小姐，妳要找誰？」社區警衛見她在外面站了很久，出來盤問。

她上前兩步，說出要找哪一戶。

「妳等一下……」那名警衛先打了電話給住戶，詢問之後才讓雙月進去。「要去C棟的話就往那一邊走，繞過小公園，就會看到……」

「謝謝。」還以為母親不會想見她，雙月深吸了口氣，照著警衛所指的方向走去。

當雙月來到C棟，搭著電梯上了八樓，聽見噹的一聲，門打開了，她踏出電梯，先左右張望一下，然後找到了門牌號碼。

就是這裡！

雙月摁了下門鈴，然後緊張地深吸了口氣，直到雕花大門被人從裡頭打開。

在她的記憶中，媽媽長得很美，也很愛漂亮，喜歡穿著洋裝，眼前的婦人明明才四十出頭，卻看起來像老了十多歲。

「媽。」這個字已經好久沒喊過了。

于鳳如看著親生女兒，沒想到已經這麼大了，時間過得真快。

「進來吧。」她心中百感交集。

於是，雙月換上室內拖鞋，穿過玄關，走進寬敞的客廳，卻見擺設很簡單，跟這片豪華社區不太相符。

「這幾年……妳過得好嗎？」于鳳如有些不自在地摸了摸摻著幾縷銀絲的頭髮問道。

「嗯，我過得很好。」對於母親的關心，雙月有些受寵若驚。

「那就好。」看到女兒這麼健康，更加體認她這個當媽的有多失職，不過現在就算懺悔也來不及了。

雙月看得出她身子似乎不太好。「媽呢？妳看起來氣色很不好。」

「可能是這幾天沒睡好吧。」自從上禮拜拿到醫院的檢驗報告，知道得了癌症，而且還是末期，她才體悟到這是自己的報應，所以才想見女兒一面。「以前那樣對妳，妳今天還肯來見我，我真的很高興。」

這番話讓雙月眼圈不禁紅了。

「媽雖然說過很後悔把我生下來，不過我還是很感謝妳讓我來到這個世界上，因為能活著是件很美好的事，所以……我還是要謝謝媽。」她由衷地說。

于鳳如把臉撇開，不想讓女兒看到自己快哭出來的表情，想到以前不懂得珍惜母女之間的感情，再多的後悔也無法彌補。

就在這時，大門傳來鑰匙轉動的聲響。

于鳳如臉色陡地變了，不過已經來不及，大門已經開了。

只見一名外表看來相當落魄的中年男人進門，讓雙月瞪大雙眼，儘管對方蒼老不少，也不再像記憶中那樣西裝筆挺，還是一眼就認出他是誰。

「你不是後天才會從南部上來？」于鳳如緊張地嚷著，就因為這樣，才放心地把女兒約到家裡見面。

江楷泰看著屋內的母女倆，就算多年不見，還是認得出雙月，頓時笑得陰狠。

「幸好我提早回來，不然就錯過這麼溫馨的重逢場面……」

第十章　回家

再次見到這個男人，雙月還是無法原諒他當年的所作所為。

「你怎麼會在這裡？」他們不是離婚了嗎？

「這間房子可是我買給妳媽的，為什麼我不能來？」江楷泰冷笑一聲。「妳已經長這麼大了，而且愈來愈漂亮。」

雙月不想跟這個男人廢話，移動腳步就要出去。

「連跟我聊兩句都不願意嗎？好歹我也當過妳爸爸……」江楷泰馬上擋在她前面，不讓雙月離開。

于鳳如擋在女兒面前。「她已經要回去了……」就因為前夫又跟外遇的第三者離婚了，投資生意又血本無歸，沒人可以投靠，所以就跑來賴在這兒，趕也趕不走。

「滾開！」他一把將前妻推開。

見狀，雙月連忙扶起母親。「媽，快打電話報警。」

江楷泰一臉忿然地說：「當年要不是我一時疏忽，讓妳跑出去求救，也不會有今天的下場，這一切都是妳害的……」

「不要把過錯推到別人身上！」雙月板起小臉。「基金會裡的人都知道我來這裡的事，要是你敢對我怎麼樣，不會再有人站在你這一邊了。」

「妳快走……」于鳳如將女兒往大門口推。

「給我閉嘴！」江楷泰一巴掌揮向前妻的臉頰。

雙月破口大罵。「你這個混蛋！」

「都是妳！」他作勢要抓她。

被江楷泰逼得往後退，雙月最後只得退到陽台上，心想只要到外面大聲吵鬧，總會有住戶聽到而出來查看。

可惜江楷泰早就看出她的計劃，動作也相當快，就在雙月要開口大叫時，便用虎口掐住她的喉嚨。

「呃……」雙月兩眼怒瞪著他，奮力地想將掐住自己喉嚨的手掌拉開。

「這一切都是妳害的！」他咬牙切齒地唾罵。

「你快放開她……」于鳳如早已嚇白了臉，連忙拿起電話報警。「救命啊……你們快點來救人……我這裡的地址是……」

「妳敢報警？」江楷泰頭也不回地怒咆。

「嗯……」雙月無法呼吸到空氣，只能不斷踢他。

她不能死，她還要回到清朝和最愛的人相聚，絕對不能死……

相公在等她回去，她一定要回去……

于鳳如死命地拉扯著前夫。「放開我女兒……」當初怎會愛上這個畜生，還為了他拋棄自己的親生骨肉，如果能贖罪，她願意付出任何代價。

這時的雙月背部貼著矮牆，雙腳騰空，整個人已經在往後栽，於是用指甲抓花江楷泰的臉，卻更加激怒對方。

「妳去死吧……」已經失去理智的江楷泰企圖將雙月推下陽臺。

于鳳如使出全力將前夫拉開。「雙月，媽對不起妳……妳快逃……」

「咳、咳……」雙月一臉痛苦地坐在地上，撫著喉嚨，大口呼吸。

「妳這個賤女人……」

「我願意用這條命來保護我的女兒……」

兩人激烈地扭打拉扯。

這時，江楷泰露出猙獰的表情，要將前妻推下陽臺，而于鳳如也抓住他的手臂，用力往下拖，就這麼一起摔到樓下。

「媽……」雙月來不及阻止，痛哭失聲地喊道。

就在這當口，無數的光點出現在雙月四周，接著凝聚成一條時光隧道，又在眨眼之間連同她一起消失。

一聲砰然巨響，社區住戶們紛紛跑出來查看關心。

只見一男一女墜落地面，當場身亡。

當警察聞訊趕來，經過調查之後，住在八樓的這對夫妻已經離異，不過近年來還是時有往來，左右鄰居也都證實經常聽到他們吵架，以及亂摔東西的聲音，初步判定是因為發生劇烈爭執，才會一個不慎，雙雙從陽臺跌下樓去，沒有他殺的嫌疑。

薄府——

「雙月，怎麼哭了？」低沈溫柔的男性嗓音在耳畔喚著她。

驀然之間，雙月回過神來，發現自己不但淚流滿面，也認出正在跟她說話的男人是誰。

「相、相公？」

「怎麼了？」見她神情有異，薄子淮擔憂地問。

雙月先是盯著他看，然後又瞪著端在手上的那碗安胎藥，心頭一驚，沒有拿穩，就掉在地上摔破了，湯藥也灑了一地。

「小心……」他把妻子扶起來。

薄母也趕忙關切。「有沒有燙到？」

她回來了，她回到清朝了。

雖然不曉得怎麼回事，但是她真的回來了。

而且時間倒回她喝下安胎藥的前一秒，這是上帝憐憫，還是……

「我願意用這條命來保護我的女兒……」

是媽媽用自己的性命為她擋過這一劫嗎？

雙月緊閉下眼皮，讓更多的淚水紛紛滑落，其實媽媽還是愛她的，終於在最後一刻，感受到了母愛。

見她哭得這麼傷心，薄母連忙追問：「到底是怎麼了？是肚子疼嗎？」

「我只是……聞到那股中藥味……真的很不舒服……」雙月先用這個藉口來搪塞。

聞言，薄子淮又怎麼捨得勉強她。「既然這樣就別喝了。」

薄母也不好再逼她了。「不喝就不喝，好了、好了，別再哭了，好像我這個婆婆在欺負妳似的。」

「謝謝婆婆……」雙月抽噎地說。

薄子淮小心地攙著妻子。「額娘，我先帶她回房歇著。」

「要是真有不舒服，要趕緊去請大夫。」薄母叮嚀地說道。

當雙月一面用袖口拭淚，一面跨出廳外，不期然地，眼角餘光掃到了躲在不遠處偷窺的趙嬤嬤，見他們出來，慌忙地轉身離去。

她怒不可遏地瞪著趙嬤嬤的背影，很想追過去質問她，是不是在安胎藥裡下毒，是不是想要毒死自己和肚子裡的孩子。

這輩子絕對不會原諒這種惡毒的小人……

「在看什麼？」薄子淮循著視線望去，疑惑地問道。

她沈下小臉。「回房再說。」

就算安胎藥裡真的被人下毒，也不能證明是趙嬤嬤幹的，因為這等於間接指控吳夫人就是幕後主謀，何況已經都灑在地上，沒有了物證，更無法讓對方認罪，雙月不禁擔心這次害她不成，還會有下一次。

直到進了寢房，雙月半臥在榻上，手心不忘撫著平坦的小腹，眼圈跟著泛濕，那是失而復得的喜悅。

「告訴我，到底出了什麼事？」他在床沿坐下，這才開口。

雙月於是把整個經過情形娓娓道來。

「妳說……妳方才回到原本的世界去了？」薄子淮愈往下聽，臉色就愈凝重。

「我可以確定不是在作夢，也不是幻覺，而是真的回去過。」她想到母親為了保護自己而死，忍不住又悲從中來。

薄子淮驚懼不安地抱住她。「不管是什麼原因，都不要離開我……」

「我不會離開你的，因為這裡才是我的家……」現在的雙月可以百分之兩百確定自己的心情。「無論遇到什麼狀況，都會想盡各種辦法回到你身邊來，我可以跟你保證，只不過那碗安胎藥若真的被下毒，趙嬤嬤的嫌疑最大，這就表示……」

他寒聲地接下未竟的話語。「姑母就是主使者。」

「我絕不會原諒想要害死我們孩子的凶手，也不想跟她們住在同一個屋簷下。」她可以為了孩子跟人拚命。

「我也是。」薄子淮也是同樣的心情，想到差點就失去妻兒，心頭頓時涼了半截，幸好上天垂憐，沒有讓那種不幸發生。「看來不能讓姑母繼續住在這府裡了。」

聽他這麼說，雙月才稍稍安心了些，否則時時刻刻都要提心弔膽，說不定會影響到孩子的健康。

「……我一定會保護你們的。」就算是長輩，他也無法容忍對方這種惡毒行為。

雙月終於回到了家，回到所愛的人身邊，可以放心地入睡了。

確定雙月睡著，薄子淮輕輕地將她放平躺好，蓋上被子。「我絕對不會讓任何人有機會傷害妳和孩子。」

不過在沒有人證物證之下，是無法迫使對方認罪，為今之計，只有讓她們主僕盡快搬出薄家，這才是當務之急。

翌日，薄子淮在傍晚回府之後，換上便袍，便來到姑母居住的院落。

「真是難得你會來探望姑母。」吳夫人見到他，表情有些不自在，和身邊的趙嬤嬤交換了一個眼色，擠出了笑臉。

她們暗自擔心在安胎藥中下毒的事會被揭穿，臉上力圖鎮定，不過心裡難免還是有些作賊心虛。

「雪琴表妹的事，我真的很遺憾，不過她才嫁過去沒多久，只要調養好身子，相信很快就會有好消息的。」薄子淮表面上像在安慰，其實是想讓吳夫人沒有設防。「姑母就不要太過擔憂。」

「我怎麼可能不擔憂呢？」吳夫人長吁短嘆地說。「就算已經派人送了不少珍貴的補品過去，也不曉得吃了管不管用，雪琴從小身子就虛，走沒幾步路就累了，偏偏又不喜歡喝那些湯藥，總要有人在一旁盯著。」

薄子淮不動聲色地說：「既然姑母放心不下，倒是有個法子，可以就近關心表妹。」

「什麼法子？」她愣愣地問。

他不疾不徐地說道：「那就是我會在南昌府購置一間宅子，也許不大，但是清幽安靜，讓姑母隨時可以去探望雪琴表妹。」

「你是說……」吳夫人驚疑不定地覷了趙嬤嬤一眼。

「奴僕和府邸的開銷，以及月例方面，自然全部由薄家來負擔。」如果花上一筆銀子，就可以保障妻兒的生命安全，他非常樂意。「相信雪琴表妹有姑母的照料，身子一定會更快復原的。」

吳夫人一時之間找不到理由推辭，因為兩相比較之下，搬到外頭住，一定比不上住在薄家舒適，還有眾多奴僕可以使喚，吃的穿的都是最好的，再說她也還沒讓那賤婢嚐到苦頭，怎麼能就這麼離開江寧了？

「你額娘……她怎麼說？」她想找個理由婉拒。

「自然不反對。」薄子淮早就猜到姑母會端出額娘來當擋箭牌。

「那……」

薄子淮面不改色地說：「我這個當晚輩的自然歡迎姑母繼續住在府裡，可是對於姑母所做的一些事，並不代表可以容忍。」

「你……你這話是什麼意思？」吳夫人眼神閃爍地問。

他口氣更冷更淡了。「就因為是親人，有些話我並不想說得太白，以免難堪，可是……姑母，對我來說，雙月和她腹中的孩子比我的性命還要重要，無論是誰想對她不利，就是我的敵人。」

「怎、怎麼突然跟我說起這些了？」吳夫人臉色驟變，不敢直視他。

「姑母應該心裡有數才對。」薄子淮俊臉一凜，從她的表情來判斷，已經可以肯定是這對主僕幹的。

她乾笑一聲。「我、我怎麼會心裡有數呢？」

「因為是長輩，所以有些事我向來是睜一隻眼閉一隻眼，放任姑母去做，可是只要危及妻兒的性命，我絕不會容忍它發生第二次，這樣聽懂了嗎？」他口氣冷到了極點。

「聽、聽懂了。」吳夫人慶幸自己是坐著，才沒有因為腳軟跌坐在地上。

薄子淮射去的目光比箭還要鋒利。「那就好……現在給姑母兩條路走，是要搬到南昌府去住，還是繼續留在這座府邸？如果要留下來，以後我會派幾個能夠信任的婢女，片刻不離地守在姑母身邊，當然也包括趙嬤嬤了。」

這不等同是在監視自己？吳夫人張口結舌，說不出半個字來。

他面無表情地繼續「恫嚇」。「若是雙月跟她腹中的孩子再有一個什麼閃失，即使只是不小心跌了一跤，我也會懷疑是姑母故意推她的，到時可就顧不得是不是長輩，絕對會依大清律法來審判。」

吳夫人緊張地吞嚥了下唾沫。「我……我答應搬去南昌府……」

「既然姑母已經同意了，我立刻派人前往南昌府尋找適合的宅子。」薄子淮自然希望愈快把這對主僕送走愈好。

說完，薄子淮便起身告辭了。

「他知道是咱們在安胎藥裡下毒……」吳夫人用手捂著心口，顫聲地說。

趙嬤嬤在門口張望，等到人走遠了才踅回來。「這該怎麼辦？」

「要是被他抓個正著，真的會不顧我是他的姑母，把我關進牢裡的。」她不免擔驚受怕地喃道。「還是快點離開江寧吧……」

「看來只能這樣了。」雖然沒辦法教訓雙月那賤婢，真的很可惜，不過趙嬤嬤也不想因此坐牢，或甚至被處死。

接下來的日子，大概是薄子淮的威脅奏了效，吳夫人和趙嬤嬤這對主僕可說是相當安分守己，不敢輕舉妄動。

不到一個月的時間，宅子已經找好，也準備就緒，就等待新主人到來。

三天後，吳夫人主僕倆連吭都不敢吭一聲，和特地出來送行的薄母道別之後，就像逃難似的，趕緊催著這回負責護送的車伕和奴才前往南昌府了。

待薄子淮回到寢房之後，見到妻子那副滿足的吃相，原本罩在俊臉上的冰霜也迅速地融化了。

「不是才剛用過午膳？」他笑問。

雙月白他一眼。「這就要問你兒子了，最近害我老是肚子餓，從早吃到晚都停不下來。」

她摸了摸只有微凸的小腹，心想孩子現在三、四個月大，正是最需要營養的時候，可是再這樣吃下去，不禁要擔心會不會變成河馬。

「妳怎麼知道會是個兒子？」薄子淮坐在她身畔問道。

雙月原本想告訴他是鬼阿婆說的，不過又記起對方前科累累，萬一又被騙了，不就白高興一場。「當然是憑我的直覺了。」

聽到答案，薄子淮低低一笑，很習慣這種匪夷所思的說法。「是男是女都好，第一胎也不一定非要兒子。」

「你要是跟我說第一胎非生兒子不可，我會先跟你翻臉。」要不是古人很講究傳宗接代，她都無所謂，只要孩子健康就好。

他不禁莞爾。「只要是妳生的，是男是女都好，就算真的沒有兒子，也不是妳的錯，所以不要想太多。」

「你剛才吃了什麼，嘴巴這麼甜。」雙月打趣地笑了笑，不過馬上又嚴肅起來。「她們已經走了？」因為不想再見到那對主僕的嘴臉，所以她沒有出去送行。

「剛走。」薄子淮用手絹拭著她沾著糖粉的嘴角。

「走了就好。」她不想再提，免得又生氣了。

他將雙月連同腹中的孩子摟在大腿上，滿足地喟嘆。「之前有跟妳說過，能娶到妳是我三生有幸嗎？」

「好像有，不過我不介意再聽一次。」她言笑晏晏地說。

「能娶妳為妻，是我三生有幸。」

雙月偎在他胸前笑嘆。「所以我們要一直幸福下去。」

「……好。」怎麼會不好呢？薄子淮除了這麼回答，已經找不出更適合的了。

六個月後——

這幾天就要臨盆了。

從三個月前開始，雙月的肚子就像是吹了氣似的，大得嚇人，讓她寸步難行，只能待在房裡，哪裡也去不了。

「夫人想吃什麼，奴婢吩咐廚子去做。」小惜可是天天緊迫盯人。

雙月覺得又開始陣痛了，不過這幾天都是斷斷續續的，把穩婆找來好幾次，可是都還沒有要生，所以還是再等一等好了。

「我想吃的這裡又買不到，廚子也做不出來。」她突然好想吃冰淇淋，而且還得是哈根達斯，不管是夏威夷果仁、咖啡、香草和提拉米蘇口味都可以，才這麼想，口水真的要滴下來了。

「夫人不妨說說看。」小惜不信有什麼是廚子做不出來的。

「只要甜的就好了。」雙月用手背抹去口水，只能退而求其次。

「奴婢這就去跟廚子說，很快就回來。」說完，小惜很快地出去了。

見她走了，雙月才輕撫著圓滾滾的肚子，她並不怕痛，只盼順利生產。

「懷孕真是件偉大的任務……」只有親身體驗過的女人才會有這種感受。「寶寶，你準備好要出來了嗎？到時跟媽媽一起努力，要加油喔。」

雙月每天都會像這樣跟孩子對話，增進母子感情。「這一胎如果真的是兒子，那麼下一胎希望是女兒，不過兩個好像少了點，那麼就再生第三胎，不管是兒子或女兒都可以，三個恰恰好。」依她的觀念，應該夠多了。

「……咳、咳。」

聽到這番話，打算現身的薄太夫人生怕會驚嚇到雙月，因此才刻意發出聲響，好先提醒她。

「鬼阿婆？」雙月馬上查看四周，果然覷見薄太夫人的身影慢慢地出現在自己面前，想到前幾次的經驗，不禁蹙起眉心。「妳每次跑出來都沒好事，這次又是為了什麼？」

薄太夫人也不生氣，反而很高興地盯著她的肚子，一副心願已了的神情。「妳這丫頭怎麼這麼說話？老身當然是為了看曾曾孫子。」

想到那天的驚險過程，還真是心有餘悸，原來真的是菩薩在考驗自己，在當下究竟會如何抉擇。

就因為自己寧可薄家真的絕後，也不忍心看著這丫頭就這麼死了，作出正確的選擇，而雙月想回到清朝的意念也夠強烈，不再是心不甘情不願，才能重新導正命運，而她們也全通過考驗了。

「等他出生再看也還來得及。」雙月學乖了。「該不會又騙了我什麼吧？」

「妳這丫頭疑心真重。」薄太夫人顧左右而言他。

雙月假笑一聲。「那是誰害的？」

「老身又不是故意要騙妳，還真是會記恨。」她佯嘆地說。

「好吧，過去的事就不提了。」雙月也要展現一下胸襟。「鬼阿婆……呃，祖奶奶，妳真的確定我這一胎生的是兒子？」

這一聲祖奶奶叫得薄太夫人眉開眼笑的。「我這會兒可是十分確定。」

「意思是上次並不確定，只是隨口唬哢我的？」她斜眼睞道。

薄太夫人差點詞窮。「呃……都已經過去的事了，就別再計較，等這個孩子出生之後，後頭的弟弟妹妹也會接連來到人世，家裡可就熱鬧了。」

聞言，雙月馬上忘記生氣。「我接下來還會再生一男一女？那不就跟我剛剛想的一樣，三個孩子恰恰好？」

「我可沒說妳只生三個。」薄太夫人呵呵一笑。

她愣愣地問：「那……我會生幾個？」

「妳會生十三個孩子，六男七女。」薄太夫人笑不攏嘴地說道。

雙月臉色頓時大變，差點就從床榻上滾下來。「十三個？妳說……我總共會生十、十三個孩子？」

「沒錯，多子多孫多福氣，再怎麼說也是一樁好事。」對於這個結果，薄太夫人可是滿意得不得了。

十三個？雙月聽到這個驚人的數目，頭都暈了。

「我……不要生那麼多個……」她用力地搖著頭，心想這是在開什麼玩笑，真的太誇張了，簡直是要自己的命，情緒也因為過於激動，原本的陣痛變得更加劇烈了。「啊……我的肚子……」

見狀，薄太夫人緊張地問：「是不是要生了？」

「好痛……真的好痛……我才不要生那麼多個……」雙月捧著圓腹，痛得額頭都冒汗了。

「絕對不要……」

這時小惜正好回房，聽到叫聲，趕緊跑出去叫人請穩婆。

「夫人要生了……」

這聲嚷嚷，讓整座府邸上上下下都忙碌起來。

薄母聞訊馬上趕來，立刻讓婢女去燒開水，以及準備需要的東西。

「好痛……」雙月躺在榻上呻吟。

「生孩子哪有不痛的……要忍著點……」薄母坐在床沿，幫她擦汗。「去請穩婆了嗎？快點再去催一催……」

彩荷馬上銜命出去了。

「真的很痛……不讓我叫出來會更痛的……」她才不要因為怕丟臉而忍著不出聲，那才是活受罪。「啊……啊……」

「好，妳就叫出來……」薄母有些手足無措，不曉得該幫什麼忙。

「能不能抓著我的手？」雙月一面用力呼吸，一面將手伸向婆婆。

猶豫一下，薄母才握住它。「生孩子沒那麼快的，妳一定要撐住……」

「等孩子出生……婆婆答應過會親自來帶……不會交給嬤嬤……」她承受著一波比一波還要強烈的陣痛，斷斷續續地提醒。「不要忘記了……啊……好痛……沒想到生孩子會這麼痛……」

看著雙月痛得抓緊自己的手，薄母嘴巴動了幾下，還是說不出口。

「醫生還沒來嗎？快點叫醫生來……」雙月痛到都忘了這裡並不是現代，很自然地這麼喊道。

「妳在說什麼?」薄母又急又慌。「穩婆就快來了……」

「嗚嗚……」雙月痛到都哭了。

「想留下來當薄家的媳婦兒就要把孩子順利地生下來,聽到了沒有?」她總算說出來了。面子再重要,也比不上一家平安,可以聚在一起吃頓飯,這些日子相處下來,讓薄母有了很深的體會,不想再斤斤計較了。

「我……我真的可以留下來?」雙月喜極而泣地問。

「我說可以就可以。」薄母不停地幫她擦汗。

「謝謝婆婆……」雙月終於等到這一天來到了。「不過還是好痛……」痛到想要臭罵那個罪魁禍首一頓。

接著,彩荷已經領了人進門。「穩婆來了!」

「夫人怎麼樣了?她要生了嗎?」薄子淮也接到通知,匆匆忙忙地趕回來。「雙月!不要攔我……讓我進去……」

「大人不能進去……」

房間外頭也亂哄哄的一片。

雙月雖然痛得要命,還是忍不住笑了,只因為太幸福了。

而當她用盡所有的力氣,將孩子生出來,聽到宏亮哭聲的一剎那,便噙著安心的微笑昏睡過去。

親眼看到自己的曾曾孫子出世，薄家有後了，終於達成願望的薄太夫人，用袖口拭著眼角，原本就若隱若現的身影也更淡了。

丫頭，謝謝妳……

曾孫媳婦，薄家的未來就交給妳了……

彷彿聽見鬼阿婆在跟自己告別，雙月眼皮動了幾下，意識也漸漸回籠了，當她覷見相公抱著剛出生的兒子，臉上淨是初為人父的驕傲神情，生產時所經歷的痛楚馬上忘光光。

「妳醒了。」薄子淮心疼地覷著還有些虛弱的妻子。

她挪動著身子。「他長得像誰？」

「眉毛像我，嘴巴像妳……其他的還看不出來。」薄子淮等她坐好，便將熟睡中的兒子放進雙月懷中。

「我覺得像你多一點……」雙月接過兒子，抱起來明明好小好輕，可是心頭的責任卻很重，原來這就是生命的重量。

雙月用指腹輕輕地在兒子皺巴巴的小臉上撫摸著，見他嘟了嘟小嘴，然後又繼續睡覺，心中的感動是無法用言語來形容的，淚水幾乎要奪眶而出了。「其實多生幾個也沒關係……」

薄子淮聽她這麼說，有些不捨、又有些動容，因為在房外可是把妻子的叫聲聽得一清二楚，稍稍能夠體會那種劇痛。

「已經不痛了嗎？」他失笑地問。

「生完自然就不痛了……」雙月回答得很輕鬆。「不過十三個還是太多了，生六個就好。」

他險些嗆到。「十三個？誰要妳生這麼多的？」

「連你也覺得太多了對吧？我可不想一年到頭都在懷孕，挺著大肚子，哪裡也不能去，所以折衷一下，生六個就好了，六六大順……嗯，這個數字很吉利。」她想這是在自己的能力範圍之內，否則孩子太多也照顧不來。

「只要妳願意生就好。」女人生產要冒很大的風險，薄子淮一點都不敢勉強，因為對他來說，雙月比孩子更加重要。

鬼阿婆……不是，祖奶奶聽到了嗎？我只要生六個，這樣已經很多了，就算命中注定要生十三個，不過最後的決定權還是在我手上。雙月環顧四周，在心裡這麼想著。

已經走遠的薄太夫人似乎也聽見了，笑呵呵地回道——

「咱們就等著瞧吧！」

由於雙月堅持要讓兒子喝母奶，所以這兩天都是自己哺乳。才剛餵飽兒子，看著他小小的睡臉，真的體會到「有子萬事足」的心情，之前所受的痛苦和磨難，根本微不足道。

「孩子睡了？」薄母早晚都會過來探望好幾次。

雙月主動將兒子放進婆婆的臂彎中，臉上散發著母愛的光輝。「他整天都在睡覺，只有肚子餓的時候才會哭個兩聲。」

「我聽帶大子淮的嬤嬤說過，他剛出生時也是這樣，很乖很安靜，夜裡也不會哭鬧，這對父子還真像……」說著，她不禁有著很深的感慨。「當年要是能把他帶在身邊，也許咱們母子的感情會親近些。」

看著婆婆過去臉上總是尖銳刻薄的線條已經在不知不覺當中褪去，眼神也溫和許多，甚至連說話口氣都不再那麼囂張跋扈，雙月知道相公全看在眼底，也感受得到她的轉變，比自己說一百句好話還有用。

「對了，我和相公都希望由婆婆親自為這個孩子取名。」這是昨晚他們夫妻討論過後的結果。

「子淮他、他也答應了？」薄母又驚又喜。

「是。」

「好……讓我想一想。」薄母看著懷中的孫子，眼眶泛濕地笑說。

「我還要謝謝婆婆答應讓我留在薄家。」想到當初的約定，雙月還是要表達一下內心的想法。

薄母有些彆扭地承認。「不用謝我，其實妳也很努力，要不是妳，子淮早就被人誣陷，這會兒已經被皇上處死，咱們薄家也完了。」

雙月把醜話說在前頭。「雖然婆婆答應讓我留下，不過要是婆婆有做錯的地方，我可不會裝作沒看見，連吭都不敢吭，那種好媳婦兒我可當不來。」

「要是哪一天妳變成那副乖巧聽話的模樣，這太陽就真的要打西邊出來了。」薄母低哼地挖苦。

「婆婆說得是，如果我有做不對的地方，也請婆婆多多指教。」雙月笑吟吟地說。

薄母昂起下巴。「這個妳放心，我這個婆婆一定會好好糾正的。」

說完，婆媳倆盡釋前嫌，不約而同地笑了開來。

「往後府裡的事都交給妳去處理，我也該享享清福了。」薄母逗著被笑聲吵醒的孫子，說出這個決定。

「是，婆婆。」雙月有些意外，但是也欣然地接下這個任務和責任。

半年後——

這一天傍晚，府裡上自管事、下至奴僕，再一次聚集在內廳，裡裡外外都擠滿了人。

「聽說夫人有事要宣佈？」

「到底是什麼事？」大家七嘴八舌的討論著。

「夫人來了！」有個婢女喊著，所有的人頓時安靜下來。

已經懷了第二胎的雙月笑容滿面地走進來，她把長子交給婆婆，才來到內廳。

小惜跟在旁邊，小心翼翼地扶她坐下。

因為有過一次經驗，雙月這一回要當著這麼多人的面前「開講」，已經不像上回那麼緊張了。

「咳……這次請大家到這裡來集合，是因為訂了新的家規，所以想要當面告訴所有的人，有任何問題也可以提出來。」自從婆婆親口答應讓她留在薄家之後，也交出了大權，正式退休，每天只顧著含飴弄孫，府裡的事也全由自己處置，因此雙月決定開始進行籌備多時的計劃。

聞言，數十張臉孔更為專注了。

「從今天開始，凡是賣身進府的人，都會一一將賣身契歸還，你們可以自行決定去留，男的想要離開，薄家會給一筆銀子，雖然不多，至少可以做點小生意；若想留下來，往後也不再是奴僕的身分，而是採取聘用的方式，按月領俸……」

話才出口，底下一片騷動。

雙月啜了口茶水，潤了下喉嚨，然後再次凝視眾人。

「接下來，已經到了婚嫁年紀的姑娘，會請媒婆幫她找一戶好人家，還會附上嫁妝，讓她很體面的嫁人，就算嫁了人，有任何困難都可以回來尋求幫助，因為薄家就是妳們的娘家，若是不想嫁人，又不願去投靠親戚，同樣比照辦理，每個月都有月俸可以領，薄家也會免費提供吃住……」

她還沒說完，已經響起大小不一的抽泣聲了。

「之所以這麼做，是因為對我來說，你們都是我的家人，也是薄家的一份子，沒有尊卑主從之分。」雙月扶著座椅把手緩緩起身，一臉誠懇地說著，無非是希望將心意傳達給每一個人。

底下的人不管男的女的，全都哭了。

「謝謝夫人！」

雙月有些不好意思地說：「是我該謝謝你們才對，薄家以後還需要大家的力量，讓我們一起共同努力吧。」

「是，夫人。」所有的人大聲地回答。

她做了自己想做的事，比中了樂透還要興奮。

當雙月步出內廳，不禁抬頭望著逐漸西下的夕陽，儘管夜色即將來到，但總會有天明的時候，更有無數的每一天在前頭等著，所以要看的不是眼前，而是長遠以後的未來。

「夫人。」剛回府的薄子淮還穿著補服，就先過來找人了。

「你回來了。」她笑容可掬地迎上前。

「走慢一點！」薄子淮連忙伸手扶著妻子的手肘和依然纖細的腰肢。

「是。」雙月撫著還看不出懷有身孕的肚子，想到生完第一胎都還沒三個月，發現自己又有了，讓她不禁擔心在這個沒有保險套和結紮手術的朝代裡頭，說不定真的會生到十三個，不過也只能順其自然了。

「都跟他們說了？」他攙著妻子往居住的院落走。

「剛剛已經說了。」她仰起臉蛋，粲然一笑。「還有謝謝你答應我這麼任性的要求。」畢竟在這個封建的朝代，有幾個人能接受這種講究所謂人權和自由的觀念，可是這個男人卻放手讓自己去做了。

「因為我相信妳這麼做是為了薄家著想，自然沒有理由反對。」薄子淮的理由很簡單。

雙月依偎在他身畔，夫妻倆緩緩地散著步。

「今天收到京裡傳來一個不幸的消息，聽說禛貝勒的嫡長子在幾個月前因為意外而過世了，也才不過八歲。」他知曉妻子曾經救過那個孩子一命，考慮之後還是決定說出來。

「他……死了？」她一臉錯愕，想到曾經救過的孩子，最後還是無法躲過死神的鐮刀，心中也不禁百感交集。

這一刻，雙月才猛然想起那一次回到現代，曾經在網路上搜尋文章，除了知道將來清朝會實行「出旗為民」的政策外，也隨手查了有關禛貝勒的資料，記得上頭確實有寫到他和嫡福晉所生的嫡長子在八歲那年因為意外過世。

「沒錯。」薄子淮頷了下首。

「命運還是有它的軌道，就算我曾經插手干預了，該怎麼走還是會怎麼走。」雙月不知該用什麼樣的心情來看待這個不幸的消息，是氣餒，還是感傷，除了薄家，大部分的歷史並沒有因為她的介入而改變。

聞言，薄子淮思索片刻。「我想上天自有祂的安排。」

「其實所謂的『上天』都是很不負責任的……」她不禁有感而發，明明做錯事，卻要他們這些凡人來承擔後果，就算導正過來了又怎樣，錯了就是錯了，連聲對不起都沒有，真是太過分了。「害我和你的姻緣差點就斷了。」

「絕對不會有那種事的。」薄子淮低頭看著一臉氣悶的妻子。「無論相距多少年，我都會等到妳出現，下輩子、下下輩子，也一定會找到妳。」

「真的下輩子、下下輩子都要娶我？」雙月嬌嗔地睨他。

「當然，我可以發誓。」他承諾地說。

她故作考慮狀。「好吧，如果到時你有本事追到我，我就嫁給你。」

「就這麼說定了。」薄子淮笑說。

「我肚子餓了。」她說。

「走吧。」薄子淮牽著她的手。

在夕陽餘暉中，夫妻倆一同攜手走向白首。

這輩子都不會再放開彼此。

就在數十年之後，當時的皇帝果真下旨令漢軍出旗，於是薄家子孫遵循祖先遺訓，辦理出旗為民，從此棄官從商，而世世代代為薄家工作的人們也感念其恩情，依然忠心追隨。

再續

台北——

她站在位於東區的藝廊門口，看著外面的立牌寫著「薄家文物展」，想到在來之前，曾上網查了資料，知道這個家族不只在台灣的生意做很大，包括美國、日本和中國等等都有，每年捐出來做慈善的金額就高達數千萬元，子孫更是遍佈全世界，確定沒有找錯地方，於是腳步輕快地走進去。

來到展覽會場的門口前，穿著短袖白上衣和牛仔褲的嬌秀身影走向櫃檯，從帆布背包裡拿出邀請函，將它交給服務小姐，不用買票進場，因為這次的收入將會捐給台灣的幾個慈善基金會，只有持邀請函的貴賓例外。

當她進入寬敞的展覽會場內，腦後的馬尾隨著腳步移動而擺晃著，只見兩面櫥窗展示著一件件明清時期的古物，不只有男女的服飾、配件，以及生活用品，還有貴重珠寶、字畫等等，最後更有幾張經過放大，大概是清末民初的老照片，張張都是子孫滿堂。

「……咦？」她忽然感覺到臉上有些濕意，伸手一摸，才知道自己哭了。「奇怪？我幹麼掉眼淚？」

她有些莫名其妙，可是又想不出原因，只好找出手帕，先把臉上的淚水擦乾。

接著她又走向擺放在中央的幾個玻璃櫃，其中一個裡頭陳列的是好幾疊粗糙的紙張，因為年代久遠，加上當時沒有做好防潮措施，已經泛黃模糊，只能隱約看出上面有一些線條或圖形。

「這不是……2B鉛筆嗎？」她好奇地蹲下來，瞪著那枝擺在長木盒裡，自己相當熟悉，工作時都會用到，更肯定不屬於清朝年間的東西。

就在她幾乎把小臉貼在玻璃上，甚至恨不得學魔術師從牆上的海報裡取出漢堡那一招，將它拿出來仔細確認之際，有人靠近了。

「小姐，有什麼需要服務的嗎？」

一個有些戲謔、有些莞爾的男性嗓音在她身邊響起，看到有人這麼「認真」地欣賞自家的東西，當然要出面招呼了。

「那是2B鉛筆沒錯吧？」她看都沒看對方一眼，專注地盯著玻璃櫃裡的東西，懷疑地問道。

「沒錯。」男性嗓音輕笑地說。

聽到對方證實了自己的想法，她又開口問了。「2B鉛筆是近代的東西，清朝的時候根本還沒有吧？」

「理論上是這樣沒錯。」雖然這兩天有不少民眾前來參觀，也只有她注意到這樣東西，不禁多看幾眼。

「你們是不小心放進裡面？」她可不認為這是小疏失。

「當然不是，這枝2B鉛筆確實是從清朝留到現在的。」男性嗓音飽含笑意。

這下讓她不得不站起來，好好地跟對方辯論一番。

「你不覺得這是自相矛盾？」她瞪視著眼前這位大約二十四、五歲，比那些偶像劇男演員還要俊美好看的男人，一種似曾相識的錯覺浮上心頭。

同一時間，男性瞳眸也不禁上下打量她。「我們是不是在哪裡見過？」

「應該沒有吧。」她又仔細地看了對方一眼，還是想不出來。

「小姐怎麼稱呼？」

「我姓單，單曉星。」她伸出小手自我介紹。

「薄少塘。」他很自然地握住。

就在肌膚相觸的那一剎那，彷彿有道電流穿過，讓兩人有些驚異地互覷一眼，很快地放開對方。足足有一分鐘，都沒有人開口說話。

「單小姐怎麼會來看這個展覽？」薄少塘覺得內心有股衝動在催促著自己，想要進一步認識她。

「因為我爺爺是『回家基金會』的資助人，前陣子收到你們寄來的邀請函，不過他人正在德國，所以我就替他來了。」單曉星簡單地做了說明，然後把話題又轉回自己感興趣的部分。「薄先生還沒回答我剛剛的問題？」

薄少塘兩手帥氣的插在西裝褲口袋內。「這枝2B鉛筆確實是我們祖先所有，不過並沒有留下隻字片語解釋它是怎麼來的，所以無法給妳一個正確答案。」

「怎麼可能？」

「除了那枝2B鉛筆，還有那幾疊紙張，都是我們薄家的傳家之寶。」他一面回答，一面端詳著她說。

單曉星漾著討好的笑臉。「可以讓我看看那枝2B鉛筆嗎？」

沒想到她會這麼執著，薄少塘低笑兩聲。「很遺憾，除了薄家人之外，外人都不能觸碰，這也是為了保護它們。」所以這次的展示，也都由他們親自佈置，不假手他人。

「連摸一下都不行？」真是小氣。

他忍著笑意，促狹地說：「如果妳是薄家人，那就不一樣了。」

「讓我考慮考慮。」單曉星噗哧一笑，以為對方是在開玩笑，也就沒有當真，繼續研究那枝2B鉛筆，不知怎麼搞的，就是很想弄清楚它的來歷。

「其實我們薄家還有幾條相當奇特的祖訓，例如要後代子孫多看漫畫……」薄少塘才說到這裡，果然看到她滿臉驚愕，眼底的笑意更深了。「我說的都是真的。」

單曉星啼笑皆非地問：「可以請問你們這位祖先是哪一朝的人？」

「清朝。」

「清朝的人會看過漫畫？」

「確實是不太可能……」薄少塘嘴角的笑意藏不住了。「不過祖訓上又確實是這麼寫的，單小姐想看看嗎？」

她興致勃勃地問：「可以嗎？」

「也不是不可以……」

「到底是可以還是不可以？」

「我們找個地方坐下來喝杯咖啡，再來討論這個問題……」

「……這句臺詞太老套了。」

「不過很管用。」兩人開始往出口走去。

「聽起來你很有經驗。」

「不，妳是第一個。」

「如果只是喝咖啡的話，當然沒問題了，至於其他的……套句某個漫畫人物的口頭禪，你還差得遠呢！」想要追她可沒那麼簡單。

「我接受挑戰。」

——全書完

後記

梅貝兒

終於把這部《婢女求生記》劃上句點，完成一項自我挑戰。

這不只是第一次挑戰上中下三本，每本的字數更是比以往來得多很多，故事情節也牽涉較廣，回想起當初接下這個任務，也是抱持著「不試試看又怎麼知道行不行」的心態，無論成功或失敗，如果不去嘗試，永遠不會知道結果如何，所以就決定拚了。

在這幾個月的過程中，壓力是最大的敵人，尤其在意讀者的反應，畢竟它跟市面上的原創小說不一樣，沒有那麼「歷史」，而是貼近「生活」，所用的梗也是其他原創小說不曾有過的，因為這就是我們日常生活當中會遇到的，希望讓大家有種彷彿是自己穿越到了清朝的親切感。

其實這部《婢女求生記》想要表達的重點，就是當生長在民主自由的現代女主角，和生長在封建保守的古代男主角，思想和觀念上發生衝突時，又該如何妥協、讓步，我們已經習慣了人權和自由，就像呼吸一樣自然，可是卻穿越到了一個有階級制度、把人當作貨物一樣買賣，卻被視為理所當然，也求助無門的朝代，應該為了保命而忍氣吞聲，還是寧可一死而不隨波逐流。

所以我更喜歡女主角不因為愛情而強迫自己忍受一切不公平，愛一個人固然重要，也要好好把握，可是依然堅持理念，做自己該做的事，這並不是每個人都能做到的，也希望大家會喜歡。

清朝

一個充滿戲劇性的朝代

穿越

一個滿載幻想的時光隧道

梅貝兒

一個擅於織造高潮迭起、

纏綿又豐盛故事的作家

請跟著堅強又有個性的漫畫家，

回到保守又充滿故事性的清朝，

一起完成不可能的任務……

一塊神秘的琥珀，

一個救曾孫心切的老夫人，

癡癡苦等了四百年，

終於讓老夫人等到了

能救薄家免於絕後的于雙月，

只要她能回到清朝，

救救薄家最後一個子孫，薄家就有救了！

事不宜遲，畢竟只剩不到一年的時間了，

只盼一切還來得及……

文創風 001

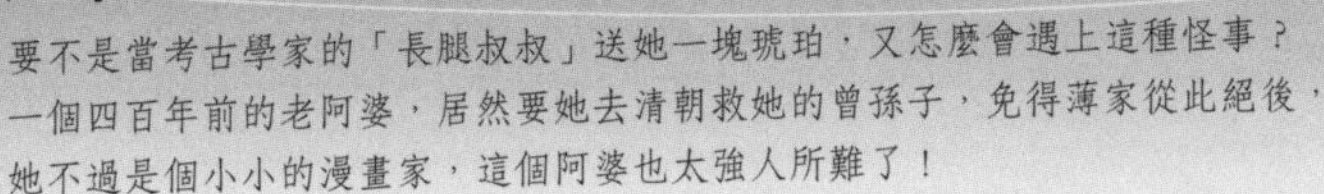

婢女求生記一〈自求多福〉

要不是當考古學家的「長腿叔叔」送她一塊琥珀，又怎麼會遇上這種怪事？
一個四百年前的老阿婆，居然要她去清朝救她的曾孫子，免得薄家從此絕後，
她不過是個小小的漫畫家，這個阿婆也太強人所難了！
算她衰！居然就這麼硬是被帶到清朝去當婢女，啊～～好歹也讓她當個小姐吧！
這裡連個抽水馬桶都沒有，萬事不方便，
她頭不會梳、衣服不會穿，完全不懂得怎麼服侍人，
現在卻要她當個婢女，這是什麼可怕的人生啊！最糟的是——
阿婆要她救的那個薄家男人，冷酷得像塊冰，這麼不好親近，教她怎麼救啊！

文創風 004

婢女求生記二〈非卿莫屬〉

雙月發現自己的處境愈來愈艱難，她在意的人一個個離開了，
加上薄子淮對她的「另眼看待」，讓夫人開始刁難自己，
甚至連暗戀表哥的表小姐也一反害羞內向的性格，在背後說她的壞話，
身為一個婢女在這個朝代，只有任人欺凌的分兒……
可是她不想因為這樣就當薄子淮的侍妾，
對古代男人來說，喜歡就可以佔為己有，
但是對身為現代人，甚至心中傷痕累累的雙月來說，
她要的是當她伸出手求救，對方會緊緊地抓住她，死都不會放開的男人，
她和薄子淮之間並沒有那樣的繫絆，
他是高高在上的制台大人，而自己只不過是個小小的婢女。
就算要救薄家之後，她可不信就只當他的侍妾一招，她還不想賠上自己……

文創風 007

婢女求生記三〈三生有幸〉

不當侍妾，雙月離開了薄家，甚至擺脫了婢女的身分，不必再回薄家，
然而她沒有忘記從現代穿越來到清朝的目的……
薄子淮就快二十八歲了，生死之劫就在眼前。
然而過了一關還有一關，就在她以為可以與他白頭偕老之時，
她居然被打回現代……老天爺也太愛開玩笑了吧……
她真的好想回去清朝，想回到那個有他在的朝代，那兒才是屬於她的家，
該怎麼做才好？誰來幫幫她……

狗屋文創風

自2011年12月起，接連三個月
將給你今年最值得期待的清朝穿越故事……
真・的・好・看・敬・請・期・待！

文創風 007

國家圖書館出版品預行編目資料

婢女求生記 三, 三生有幸 / 梅貝兒著.
-- 初版. -- 臺北市 : 狗屋, 民100.12
面 ; 公分
ISBN 978-986-240-705-9（平裝）

857.7　　100023143

著作者	梅貝兒
發行所	狗屋出版社有限公司
地址	台北市104中山區龍江路71巷15號1樓
電話	02-2776-5889～0
發行字號	局版台業字845號
法律顧問	蕭雄淋律師
總經銷	知遠文化事業有限公司
電話	02-2664-8800
初版	100年12月
國際書碼	ISBN-13　978-986-240-705-9

定價220元

狗屋劃撥帳號：19001626

網址：love.doghouse.com.tw　E-mail：love@doghouse.com.tw

狗屋硬底子，臺灣文創軟實力，原創風格無極限！

文創風
love.doghouse.com.tw

狗屋硬底子，臺灣文創軟實力，原創風格無極限！